启真馆 出品

Lytton Strachey

〔英〕里顿·斯特拉奇 著

庾如寄 译

LANDMARKS
IN
FRENCH
LITERATURE

法国文学的
里程碑

ZHEJIANG UNIVERSITY PRESS
浙江大学出版社

目 录

第一章 起源——中世纪

    当高卢于罗马文明的废墟中渐渐孕育出法兰西民族时，一门新的语言也在逐步成形。尽管该语言对法国民族性格的形成有着错综复杂的影响，其起源却十分简单纯粹。除了极少数例外，每个法语单词都直接来源于拉丁语。罗马时期以前凯尔特人的影响微乎其微，而征服者法兰克人带来不过寥寥数百词。因此，法国和英国的语言有着鲜明的对比。在英国，入侵的撒克逊人几乎抹掉了罗马占领的所有痕迹；不过，起初他们的语言虽成功入侵，但后来却逐渐深受拉丁语影响；因此，英国文学各时期都有双重

起源的印记。相反，法国文学却是绝对同源共流的。很难说这是多大的优势或劣势，但英国读者应注意到法语和其母语之间的确存在该巨大差异。英语的复杂起源使得英国作家的风格具有多样性、对比性，并富于奇思妙想，这在英国文学中发挥着主导作用。仅沿袭拉丁语库的法语，其特性几乎恰恰相反——擅长于单一性、统一性、清晰性和严谨性。

　　这些特征在流传下来的法国早期作品——武功歌（*Chansons de Geste*）里清晰可见。这些诗歌由几群或几组叙事诗组成，呈现为史诗风格。它们有可能最早形成于11到12世纪，并且在中世纪继续演变出各种反复、排列形式，最终没落。最初它们并未书写成文，而是口头吟诵。它们的作者是游吟诗人。这些游吟诗人从在当时的大集市及朝圣之地聚集在一起的人群中发掘听众，讲述取自拉丁语编年史以及更遥远的修士传统中的长篇传奇和冒险故事。其中最古老、著名的上乘之作是《罗兰之歌》（*La Chanson de Roland*），它叙述了查理曼大帝及"他的所有贵族"和撒拉逊人大军之间战争的传奇故事。除去一些神迹——比如查理曼大帝两百年的寿命以及天使的介入——整个作品弥漫着11世纪法国的气息，充斥着当时的贵族社会风气、野蛮的力量、残暴、高度的虔诚和荣誉感。该诗之美在于其极简的风格。没有一丝荷马史诗中精致雕琢和富于变化的痕迹，更没有维吉尔或但丁那般炉火纯青的文学功力，然而写下《罗兰之歌》的不知名游吟诗人无疑极具艺术天赋。他凭着一股大胆的自信来创作鸿篇巨制。他完全不借助对辞藻的修饰和精巧修辞，成功呈现出他所描述的冲突性和英雄主义场景，格外生动，不假雕饰。他最出彩的诗句——罗兰和奥利维的永别，以及著名的罗兰之死——升华为一种克制的、深重的悲怆之情，极为崇高。这部伟大的作品——苍凉、纯粹、质

9

10

朴、宏伟——凸显在当今读者面前，犹如一块古老的花岗巨岩露出在法国文学遥远的天际。

在武功歌发展为大量各有千秋的组诗时，出现了另一类受不同影响而产生的叙事诗。这即是布列塔尼传奇故事（*Romans Bretons*）。它是一系列传奇诗作，灵感来自残存于布列塔尼和英格兰的凯尔特神话和传说。这些诗歌的精神与武功歌大相径庭。后者是法语特性的典型产物——确实的、明晰的、物质的；而前者则充满梦幻、神秘色彩，以及凯尔特人的浪漫精神。这些传奇大部分基于亚瑟王和他的骑士们的故事；它们讲述兰斯洛特的奇异冒险，讲述寻找圣杯的奇幻之旅，讲述特里斯坦和绮瑟惊世骇俗、命中注定的爱情。这些故事在法国广受欢迎，但是它们的原本特征并未维持多久。12世纪末，顺风顺水、大获成功的作家克雷蒂安·德·特鲁瓦，赋予了这些布列塔尼传奇新的特性；神秘奇幻的色彩变质成更为寻常的巫师和魔术师的魔法，而崇高的、非物质的爱情观念被世俗献殷勤的肤浅感情替代。法国作家将凯尔特传奇的模糊憧憬变成清晰、优雅的文明生活，清晰地展现了法国文学的大多数特征在早年是以何等力度发展的。

武功歌和布列塔尼传奇故事都是贵族文学，它们关乎那个年代大贵族的生活和理想——尚武精神、骑士精神、无上荣誉。而此时出现了一种新的文学形式，它以短小的叙事诗来描写更为平

11

凡的中产阶级生活状态。它们被叫作寓言故事诗（*fabliaux*），它们整体上没有太大艺术价值，诗歌形式很贫乏，而且内容极为粗俗。它们的主要价值在于清晰地展露了一些最悠久的法语特征，不逊于贵族诗歌。它们与生俱来的彻底现实主义和特殊的挖苦讽刺能力，在寓言故事诗整体中有所体现。当作者有良好的感知和品位时，我们便能在一二故事里发现惊人的洞察力和非凡的精神力量。组诗《列那狐的故事》（*Le Roman de Renard*）有着和寓言故事诗相似的现实主义色彩和市民阶级世界观，但是远比后者更精美、风趣，在那个时代的文学中有很高的地位。这些美妙的讽刺诗中，有一些展现了人性、戏剧技巧和对叙事能力的掌控，将男男女女的弱点和狡诈薄薄遮掩在动物的画皮之下。它作为先导，引领了四个世纪后的《拉封丹寓言》（*Fables of La Fontaine*），后者使该艺术的魅力大放光彩。

该时期流传下来的另一部作品，则代表了完全相反的风格，它兼有武功歌粗犷、勇敢的精神和寓言故事诗的现实主义。这就是"歌谣－寓言"（*chante-fable*）（或诗体和散文体混杂的故事）《乌加桑和尼科莱特》（*Aucassin et Nicolete*）。全文精致、优美——一件精巧、不朽的迷人艺术品之美。该佚名作者以他的审美，用轻巧、流畅的诗句和更为优雅、有诗意的散文，创造了一种甜美微妙的浪漫气氛。他展现给我们"爱情萌芽的柔和曙光

（eye-dawn）"——两个年轻人幸福、甜蜜、近乎幼稚的热情贯穿了他们自身奇妙的世界，极为天真美好。年轻的乌加桑，骑马参加战争时梦见他的爱人，看见她在天国星星中闪耀——

Estoilette, je te voi,

Que la lune trait à soi;

Nicolete est avec toi,

M'amiete o le blond poil.

我看见，小星星

月亮将你相迎

我的金发爱人尼科莱特

与你如影随形——

他蔑视天堂之乐，因为那里排斥爱情之乐——

En paradis qu'ai-je a faire? Je n'i quier entrer, mais que j'aie *14*

Nicolete, ma très douce amie que j'aime tant... . Mais en enfer

voil jou aler. Car en enfer vont li bel clerc et li bel cevalier, qui

sont mort as tournois et as rices guerres, et li bien sergant, et li franc homme... . Avec ciax voil jou aler, mais que j'aie Nicolete, ma très douce amie, avec moi.

我在天堂能做什么？我不渴求上天堂，但我有尼科莱特，我最亲爱的朋友，我的爱人……然而我要去的是地狱。在那里，有在比武和大战中死去的伟大教士和骑士，还有英勇的士兵和自由民……我将和他们同去，但我有最亲爱的尼科莱特，与我同在。

乌加桑，既勇敢又天真，既性感又精神高尚，和文艺复兴时期充满热情、活力的罗密欧一样是完美的中世纪恋人类型。但是这篇诗歌——尽管有散文段落，但该短篇作品的实质仍是诗歌——并不全是感情和梦想。作者以出色的艺术性在各处点缀对比强烈的现实主义或荒谬片段，他将一连串生动的对话编入他的故事，通过敏锐的观察意识，他成功地将天马行空的幻想与现实联系在一起。尼科莱特逃出监狱，赤足踏过草地，踩在雏菊上，黑暗反衬了她的洁白，这段对尼科莱特的描述是他将想象与细节、美与真相结合的能力的绝妙例证。《乌加桑和尼科莱特》与《罗兰之歌》——尽管二者风格相去甚远——代表了法国早年诗歌的精华。

13 世纪出现了新的发展，其中至关重要的是散文的兴起。该体裁最早的著作是 13 世纪初维尔阿杜安写的《君士坦丁堡征服

记》(*La Conquête de Constantinople*)，这些历史印记后来在法国
文学中蔚为繁盛；它不同于《乌加桑和尼科莱特》的散文诗形式，
而采取了简单、朴素的平铺直叙形式。该书虽难以跻身名作之列，
但它具有纯粹真诚的魅力以及令人愉悦的质朴古趣。忠厚年迈的

16

维尔阿杜安有着迷人的天真淳朴之气，烂漫的好奇心以及希罗多
德的风格。尽管他的文笔肃穆枯燥，但他能不时在字里行间流露
出色彩和韵律之感。他在描述十字军舰队从科孚岛启程的壮观景
象时，语句精美如斯："晴空明净，和风柔畅。他们放任帆船顺风
而行。"当君士坦丁堡的宏伟景象首次映入基督教贵族们的眼中
时，他们满眼惊诧，这段描述非常出名："当他们亲眼看见这些高
墙和华丽城楼四面环合，还有这些富丽堂皇的宫殿以及高耸入云
的教堂之时，他们无法想象世间竟存在如此富饶的城市……(Et
sachez qu'il n'y eut si hardi à qui la chair ne frémit; et ce ne fut une
merveille; car jamais si grande affaire ne fut entreprise de nulles gens,
depuis que le monde fut créé.)须知，最坚强的人也不得不为之战
栗。这只能是一个奇迹。[1] 因为从创世之始，从未有人承揽过如
此盛事。"在这些文字里穿越时光，没有人感受不到这古老探险的
刺激！

---

[1]　原文中"It's not a miracle either"是对法语原著的错误翻译，此处中文根据
　　　法文翻译。(脚注均为译注，下不一一注明。)

儒安维尔写于 13 世纪末的《圣路易史》（ *Vie de Saint Louis* ）

17 具有更高的价值和意义。该书的迷人之处在于其人性的光辉。儒安维尔以寻常谈话间通俗易懂的流畅笔调，从容叙述他对明君的追忆，他曾在青葱岁月为其效力，对其充满敬慕之情。路易的言谈举止、高尚情感和圣洁信仰得益于他有美好、率真的同情心，又兼具完全的自由和绝对的真实。儒安维尔不仅将君主的性格写进了书页里，他的书也是揭露自我的传记。维尔阿杜安的编年史几乎不掺杂个人情感，而儒安维尔则不停谈起自己，并且在作品中刻下了不可磨灭的个人印记。该书引人入胜之处在于不经意间呈现出的他与君王的对比——朝气蓬勃、通情明理的杰出贵族，与威严高贵、具有理想主义的国王。儒安维尔细致、轻快地转述他们之间的谈话，美妙地呈现出对比的效果。我们似乎可以从两位友人的品性中窥见非常集中且极具代表性的矛盾，关乎意

18 识和精神、世俗和自我牺牲、敏锐务实的洞察力和高瞻远瞩的见识——这些形成了中世纪一组独特的对照。

13 世纪最重要的诗作《玫瑰传奇》（ *Le Roman de la Rose* ）呈现出了另一组不同类型但同样完整的对照。这首奇诗第一部分的作者是吉约姆·德·洛里斯，一个为贵族阶层写作的年轻学者，这些贵族在上一代为克雷蒂安·德·特鲁瓦的宫廷传奇深深吸引。受到前者和奥维德的启发，洛里斯紧跟时代潮流，迎合贵

族读者的品位，从当时流行的渊博论文和正统骑士风度中取其精粹，试图构建"爱的艺术"。这首诗采用了复杂的隐喻形式，其重要性主要在于它家喻户晓，并且它是一个在法国盛行了许多个世纪的寓言诗流派的源头。洛里斯未能完成他的诗作就已亡故，然而，该作品注定要以一种奇特的方式完结。四十年后，另一位年轻学者让·德·墨恩给洛里斯遗留的 4000 行诗续写了多达 18000 行。[1] 大幅度的续写不仅在量上远远超过了原诗，而且还改变了原诗风格。让·德·墨恩全然摒弃了前任作者的精美言辞和贵族气息，代之以当时中产阶级的现实风格和粗犷笔触。洛里斯枯燥无味的隐喻变得无足轻重，仅成为这篇洋洋洒洒壮丽长歌的楔子。中世纪的所有学识汇成一股水流，倾注入这部卓尔不凡、趣味盎然的作品中。让·德·墨恩的诗歌如此引人注目，不仅仅因为它是中世纪的知识宝库，还因为诗中有一种远超前于时代的思想倾向———一种尽管受到旧传统的束缚，却与拉伯雷甚至伏尔泰一脉相连的精神。让·德·墨恩并非伟大的艺术家；他的写作不分畛域，缺乏形式，正是他大胆而丰富的思想使他在法国文学中举足轻重。他普及了百科全书式的知识宝库和崇尚自然的基本信念，因而被视为文艺复兴伟大运动的真正先驱。

19

20

---

[1]　全诗共 21750 行，实际上洛里斯写了 4028 行，墨恩续写的不到 18000 行。

《玫瑰传奇》第二部分隐约预兆了一股思想上的骚动，然而该骚动终究化为泡影。百年战争[1]带来的灾难和混乱局面令法国几乎没有精力投入艺术或思想；紧接着，是内战引起的恐慌。因此，14和15世纪可能是法国文学史上最空洞的时期。14世纪，一位伟大的作家反映了该时代的特征。博华萨在他辉煌的书页上写满了"光荣战争的壮观景象"。尽管他花费了多年时间和大量财产来收集英法战争的史料，然而如今他被人记住的身份并非历史学家，而是出色的散文家。他的《史记》（Chroniques）缺乏深刻的洞察力和对当时社会动态的把握，然其精彩生动的描写、有力度的人物刻画以及栩栩如生的风格，鲜有作品能与之相媲美。书卷似绵长的织锦般展开，华丽地编织着历险奇遇和骑士风范，编织着旗帜、长矛和战马，编织着出身高贵的淑女们的容颜和身穿盔甲的骑士。在博华萨的所有描绘中，战争场面尤为出色，令人称赞。他急促的语句又倍添光辉，激昂英勇的战斗如一股灵动的、闪闪发光的流水，从他的笔中喷薄涌出。眼前浮现出整饬的阵列和锃亮的盔甲，耳际萦绕着兵刃相接之声和长官的叫喊："蒙托伊！圣丹尼斯！圣乔治！吉安！"——我们似乎能感受到兵器挥舞、混战和骚乱，同战败者一起扼腕叹息，同胜利者一起欢欣鼓舞。在

21

---

[1] 指 1337—1453 年间的英法百年战争。

"领主、伯爵、男爵、骑士和侍从[1]"的华丽盛装中，在他们响亮的头衔和英勇的神威下，人们忘却了这一切荣耀的背面——被踩躏的田野，浓烟滚滚的村庄，无家可归的农民——法国长期的荒凉。

傅华萨的《史记》是以先驱之眼看到的历史，菲利普·德·科米纳的《回忆录》（Mémoires）则是一位政治家和外交家窥探到的历史。当科米纳在 15 世纪末提起笔时，傅华萨满怀热忱记录下的混乱和纷争已经烟消云散，法国逐步成为统一的集权国家。科米纳本人作为路易十一的心腹大臣之一，在这一发展过程中发挥了重要作用；他的书记录了他的君主机巧、睿智的成功政策。这是一部历史佳作，清醒通透，立场坚定，其作者终生居于幕后，从未卷入其中。科米纳的通透、敏锐令其作品的耐人寻味之处主要在于其心理研究，以及在精明的治国之术上所散发的光芒，这些政策渗透于那个时代的政治和外交，并最终呈现在马基雅维利的《君主论》中。在他冷静、有见地、不掺杂个人情感的书中，我们可以看到一个神奇运动[2]的肇始，该运动将帝国统治、教会林立的中世纪旧欧洲转变成了各世俗国家相互独立的新欧洲——今日之欧洲。

22

科米纳借此站在了现代世界的边缘，尽管他的风格属于旧时

---

[1] 原文 escuier 为古老词汇，即 écuyer（equerry eng.），指法国中世纪骑士的侍从，也是一种法国古代尚未成为骑士的年轻贵族的称号。

[2] 指文艺复兴运动。

代，其精神内涵却属于未来：他展望了文艺复兴。在社会阶层的

23 另一端，与这位有钱有势的外交家相对，维庸用凄美的语言抒发
了对时光流逝的深沉感叹。他是流氓，是强盗，是杀人犯，游荡
在巴黎的罪恶之地，逃离正义，被定罪，被囚禁，差点被处决，
最后踪迹杳然，无人得知他如何消失，又去往何方。这位非凡的
天才如今以诗人和追梦人的身份活在人们心中——一个可以用隽
永诗句表达灵魂中最强烈感情的艺术家。他作品数量不多。在他
的《大遗言集》（*Grand Testament*）——一首约 1500 行的诗，其
中夹杂着一些歌谣和回旋曲——和《小遗言集》（*Petit Testament*），
以及少量杂诗中，他说完了该说的一切。作为最善于袒露内心的
诗人，他将个人气质印在了每一行诗中。在回旋曲、十四行短诗、
三节歌谣和六节歌谣等拘泥且繁复的形式中，受限于严格的韵律
和复沓，他抒发出了美的精神以及个性。他并不简单：他的忧郁
中充满了讽刺和欢笑，感性、感伤与美好憧憬和内心深处的幻想

24 交织在一起，这一切都反映在他美妙的诗集中，变幻交错，熠熠
生辉。然而，某种思绪一直萦绕在他心头，在那一切欢快或充满
激情的乐音下，很容易察觉到一个支配性的音符——死亡。这个
哀鸣悲泣、睥睨苍生、忧心忡忡的生命，一刻也忘不了这恐怖的
阴影。他见其无所不在——是嘲弄、忏悔、屈从、绝望的主旋律。
他将其视为世间一切美好、迷人的事物悲伤且不可避免的结局。

您可知，在哪个国家，

可寻罗马女神芙罗拉；

黛伊丝，和阿希比雅达——[1]

后文以悲伤的、有问无答的迭句贯穿绮丽的诗篇——

然旧岁之雪又在何方？

他眼前升起对死亡生理恐惧的幻象，挥之不去——死亡来临的可怕，肉体的腐烂令人作呕；笑亦枉然，哭亦枉然，冷酷的幻想如影随形。他在坠入放荡堕落中时，突然想起腐朽时的可怕景象，他后悔了；然而，他看见，致命的绞刑架近在眼前，他的身体在鸦群中摇晃。

法国中世纪文学在维庸这里达到了高潮，并且终结。他那铿锵而忧郁的声音，随着旧时代的激情、挣扎和痛苦而颤动，又随着美好新世界的诞生而神秘地消沉。

25

---

[1] 出自维庸《大遗言集·古美人谣》（*Ballade des dames du tepms jadis*）。

第二章　文艺复兴

中世纪晚期的气氛有些阴冷黑暗。维庸的诗歌营造了寒冷、荒凉的景象，白雪覆盖屋顶，街道结冰，大雾封锁，还有令人战栗的寒气。正如——

> 在这死寂的冬日，
>
> 狼群于风中傲立，
>
> 人类于屋中禁闭，
>
> 逃离寒霜，紧偎柴火。[1]

倏然间，灰暗的阴郁烟消云散。人们周围忽然变得五彩缤纷，阳光明媚，宛如处于生机蓬勃的春天。

16 世纪初，一场知识和精神上的伟大变革席卷欧洲。这一变

---

[1] 维庸《小遗言集》第二首，作于 1456 年，原文是一首八行诗，此处节选了前四行。

革是由多种因素引发的，其中最重要的是，随着土耳其人入侵，

27 灿烂的意大利城邦文明崛起，法国、西班牙、英国建立起维持社会长治久安的强大君主制，这一切导致拜占庭帝国土崩瓦解，进而引起传统文学的崩塌。旧世界那瑰丽多姿、具有丰富思想内涵的璀璨文学交到了值得接收它的人手上。学者、艺术家、思想家们从这奇妙的遗产中汲取营养，从中发现了一个超乎想象的宇宙，里面充满指引和惊喜。同时，探索者和科学研究者的物理发现打开了观察和探险的新区域。人们惊奇地目睹父辈的旧世界消失了，而不论他们是否参与，曙光在一片新天地上冉冉升起。这些力量对文学造成了巨大的影响。尤其是法国，在弗朗索瓦一世贤明且强大的治理下，爆发了充满生命力的独特写作。其实，我们可以称其为法国现代文学的开端，它在两个显著的方面上有别于中世

28 纪文学。在对待艺术和思想这二者的态度上，文艺复兴时期的大作家们开创了法国文学的新领域。

　　毫无意外，那个时代的新艺术观首先展露在诗坛上。这种变化朝着意识觉醒、反复思考和自我批评发展。中世纪诗人的吟唱优美动人，但文艺复兴时期的诗人并不满足于此：他们不仅追求美，更追求精致。这场运动在马罗的诗句中初见端倪，他简洁、典雅的俗世之歌首度表现出精练、雕琢的倾向，以及对安宁与淳朴的偏好，试图表达一切皆可曲尽其妙，这成了此后三百年间法

国诗歌精髓的基本要素。在他的书信体三音节诗中有这样一首精
美的小作品——《致一位病中的少女》，开头如下——

　　　我的小美人，

　　　我谨向您，

　　　问候安好。

　　这已完整呈现出他的个人风格，我们已然可以从中感受到
这位成熟的法国诗歌天才独有的轻快、优雅的诗风。但马罗的
天赋还不足以容纳整个时代的能量，直到下一代，在七星诗社
（*Pléiade*）——一群以龙萨为首，活跃在 16 世纪中叶的作家——
的作品中，法国文艺复兴的诗歌精神才得以完全展现。

　　七星诗社树立了一个旗帜鲜明的流派，该流派有其基本原则
以及明确的诗歌纲领，因此他们与之前的诗人形成了鲜明的差异。
他们的创作不是出于一时兴起，也不仅仅是纯艺术，而是怀着对
使命的高度荣誉感，以及仅将他们最杰出的作品献给缪斯的崇高
决心。在杜贝莱的佳作《保卫和发扬法兰西语言》（*La Défense et
Illustration de la Langue Française*）中，他们大胆宣告法兰西语言
与古老语言一样，有作为诗歌表达载体的权力，并且一生致力于
证明他们的信念。然而他们对母语的尊重绝非意味着蔑视古典。

29

30 恰恰相反，他们与同时代人分享对古代学识和文学的热爱。他们
是诗人也是学者，他们的远大目标是创建法国诗歌传统，使法国
诗歌能与不朽的希腊和罗马经典并驾齐驱。这种模仿古典文学的
渴望带来了两个结果。首先，它引发了大量新诗歌形式的出现，
摒弃了主宰中世纪诗坛的狭隘、烦琐的旧规章。通过借鉴前人自
由、丰富的古典形式，龙萨及其领导的流派解放了法语诗歌。他
们的写作技巧十分高超，可以说，他们的创作成果正是法国文学
中所缺少的——一种在自由度、表现力、丰富的韵律形式和艺术
手法上可以充分满足天才诗人们最高需求的诗歌载体。在这方面，
他们最重要的独特成就是将"亚历山大体"诗歌[1]——著名的每
行十二个音节的格律对句——在法国诗歌中发扬到了至高无上的
地位，远胜于其他格律。

　　然而七星诗社对于古典典范的尊崇带来的另一项成果就远没
31 有这么幸运了。他们允许学识凌驾于诗歌之上，而且，在他们对
重现古典之音的殷切渴望中，他们往往意识不到其母语的独特魅
力或自身的真正才华。这在龙萨的长诗——《颂歌集》(*Odes*) 和
《法兰西亚德》(*Franciade*) 中表现得尤为明显，诗人用尽一切精
力和技巧也无法挽救其诗歌的冗长与空洞。古典作品发出的闪耀

---

[1] 亚历山大体（*Alexandrin*）是法国古典诗歌的基本形式，该诗体每行都是
　　十二个音节，中间由一个停顿将十二个音节分成前后各六个音节的对句。

夺目的光芒撞入这些早期探索者的眼中，令他们眼花缭乱，迷失方向。正是他们对于模仿优秀典范的强烈渴望——汲汲于效仿其外在形式——让他们未能意识到古典艺术真正的内在精神。

在他们的短诗中——当这些才子在感情迸发中，放下模仿古典的压力时——龙萨和他的追随者们才真正释放了自身的天赋。这些优美的抒情诗清新、迷人，仿佛是某个晴朗的四月清晨，簇拥着娇艳的鲜花和鸟啼。青春的声音在一片辉光中婉转歌唱，以自然流利的手法谱写着幸福烂漫。这是爱情之歌、自然之歌，它们吟唱着玫瑰、云雀、缠绵的吻和湛蓝的天空，还有自然天性之乐。悲伤的音符也会偶尔出现，轻柔的歌声提醒我们享乐终有尽头，时间正在飞逝。不过这和维庸那黑暗、残酷的语调相去甚远！这群温文尔雅的吟诵者不会写出那么残忍的字眼。

32

> 当你垂垂老矣，夜晚，在烛光下——[1]

龙萨写给恋人的书信如是写道。好一幅温馨的景象，在静谧、优雅的暮年，半带笑容回忆起那已消逝的爱情。在维庸笔下用于狰狞嘲笑和恐怖描写的对象，到龙萨这里变成了满怀柔情的、伤感的忏悔。在这之后，音乐变奏了，路易丝·拉贝纯洁、热烈的激

---

[1]　龙萨《致爱伦娜十四行诗》第43首。

情接踵而来，我们耳际萦绕着——

> 噢！若我此刻能被他拥入那
>
> 令人醉生梦死的销魂怀抱中——[1]

接着，在杜贝莱精美的十四行诗《罗马怀古集》（*Les Antiquités de Rome*）中，我们听到了从未存在于法国诗坛的绝美声音——绚丽华美的豪迈诗句唱出的雄浑嘹亮之声。

33　　在七星诗社时代，文艺复兴精神对法国文学的影响在拉伯雷的散文中体现得更为深刻。七星诗社的伟大成就深入人心地树立了一种观念，即文学的本质是一种艺术，而拉伯雷则展示了文学的另一性质——一种强有力的思想工具。中世纪在认知上的探索罕少披着文学艺术形式的外衣。人们用母语在诗歌或散文里或欢笑或哭泣，但是他们在学术上却用拉丁语思考。让·德·墨恩的作品是个例外，但是在他的作品里，诗歌的形式粗糙且乏力，艺术和学识尚未相结合。拉伯雷完成了二者的融合。他在全面性和思想性上远胜于让·德·墨恩，同时他也远不只是位艺术家。他的著作粗略读来的确难以给人留下这种印象，在浅尝辄止的读者

---

[1]　原诗无题，收录在路易丝·拉贝《十四行诗集》中，首次出版于 1555 年。

眼中，这可能只不过是一个小丑或疯子的作品。但这完全是一种
误解。读者越是仔细审视他的著作，就越容易被其强大的智慧力　　34
量和高超的文学驾驭能力所折服。那个非凡时代特有的蓬勃生机、
渊博学识、耀眼的乐观精神、勇气、创造性，以及人性——整个
文艺复兴的浩瀚精神都凝聚在其书页之中。让后人能一睹这些风
貌的，不是几个古板的学究，或是略知一二的门外汉，而是一位
天才作家——一位专注于文字并对其有着非凡掌控能力的大师。
拉伯雷精神的丰富程度在其海量的文字中尽显无遗。他的书是文
字的狂欢，它们迫不及待地倾泻而出，野蛮地卷进纷繁的句子和
浩繁的卷帙当中，排成密密麻麻的长列，洋洋洒洒溢于纸上。但
也不能单纯地将其形容为野蛮，因为在这种种奔腾和咆哮之中，
有雄厚的艺术力量为其奠基。这些精美绝伦的散文，其旋律复杂
悠长，却真实存在，并且处于一位文学巨匠纯熟技艺的掌控之中。

　　拉伯雷著作的宗旨无法一言以蔽之，可以将其看作是某种观
念的展示。然而究竟是什么观念？这正是问题所在，无数评论家　　35
为此争执不休。其实，对该观念唯一完整的描述就在书中；它是
如此广博宽泛，如此变幻多姿，没有其他任何容器可以将其涵盖。
试图对拉伯雷的哲学进行准确而详尽的描述虽是徒劳无用的，然
其哲学的主要脉络却清晰可见。在巨人英雄庞大固埃、他的父亲
高康大，以及他的追随者和同伴巴汝奇身上，我们可以看到文艺

复兴的精神——广博、幽默、有力，尤其是充满活力。拉伯雷的
书体现了那个时代对中世纪迷信的昏暗、狭隘的禁欲主义的强烈
反响。他以一呼百应的声音宣扬新世界观；他否认这是旧时代学
者所预言的悲伤之谷；他宣称，它充满了光明的能量，充满了灿
烂的希望，并且就其本质而言，它是美好的。怀着对愚蠢之徒的
憎恶，他猛烈抨击修道院学究式的教育，并维护科学和人文的最
高理想。他厌恶禁欲主义，讽刺僧侣，在关于德廉美[1]修道院的
描述中，他勾勒出了对乌托邦修道院的美好憧憬。他的思想开放，
然而他生活在一个最平和的见解都被视为危言耸听的时代，他将
一切要说的话都藏进了含糊其辞、模棱两可的笑话和寓言中。他
的作品混杂着漫无边际的叙述、断断续续的事件、突如其来的长
篇大论，以及粗俗的幽默，但这绝不是单纯为了掩饰。这其实就
是他的思维方式，而他精神的要素恰恰在于这种随意和松散。他
的极度粗俗本身就是他内心基本品质之一的映射——对物质生活
的欣然接受。在他对吃喝的赞美中，表现出了该特征的另一面：
这是人性的一部分，应该让人们充分去享受。谁知道呢？也许
"圣瓶之庙"（*la dive Bouteille*）[2]的神谕会解开宇宙之谜。

---

[1] 德廉美（*Thélème*），希腊文意谓"自由意志"。

[2] 拉伯雷《巨人传》中的神谕：巴汝奇欲娶妻，不能决，卜于圣瓶之庙，而卜
  辞则曰"饮"（周作人《欧洲文学史·文艺复兴期拉丁民族之文学》）。

拉伯雷的书是一部巨人的历史，它本身也同样伟岸，它和巨人一样宽广。它似乎处在世界的破晓之时——那是一个欢乐的时刻，一个充满期待的时刻；那时世界一派琳琅满目的景象，众神行走在人间。 *37*

大约一代人以后，曾以充沛的能量充斥拉伯雷著作的文艺复兴精神，在蒙田的《随笔集》（*Essays*）中以一种更平和、更有修养的形式出现。最初的狂欢结束了，冷静的批评和反思取代了创造性思维的冲动激情。拉伯雷的粗俗、戏谑和洋溢的乐观精神，在蒙田笔下荡然无存；他是一位文雅的绅士，他追求令人沉醉而不是激动人心，他在熟悉的对白里用平淡、轻松的语调写作，他微笑，他沉思，他质疑。他是自由随笔的开创者，而这种形式正好适应他的思维习惯。在这种松散的形式中——没有明确的结构脉络，没有固定的长度，既可短至三页，也可长至三百页——他能写出想表达的一切，漫无章法，零零散散，毫不费力。他的书像潺潺的小溪，蜿蜒流过鲜美的草地。字里行间随处可见他博览群书的成果，以及大量拉丁语录。他触及生活的方方面面——从 *38* 最轻微、浅显的文学或习俗领域，到困扰人类的深奥学问，他都能侃侃而谈，旁征博引，并且文辞优雅。

《随笔集》基本上只涉及两个主题。首先，这些文章从各个侧面体现了蒙田的人生哲学。这无疑是一种怀疑论的哲学。在众多相互矛盾的选择中，在对信仰的强烈质疑中，在对振振有词的教条的驳斥中，蒙田保持了冷静中立的态度；他的《随笔集》即是这一主旋律的变奏曲集。《为雷蒙·塞蓬德辩护》（*Apologie de Raimond Sebond*）是其中规模最大、内容最为详尽的一篇，它深入细致地审视了人类的过失、错乱和愚昧，蒙田从中得出了怀疑一切的必然结论。无论这一学说的纯粹哲学价值何在，它对现实生活都有着极为重大的指导意义。如果没有任何一种观点是确信无疑的，那么，为该观点而引发的迫害就是一种恶劣的愚蠢行径。因此，蒙田是欧洲思想史上最早反对狂热、提倡宽容的思想者之一。

《随笔集》的另一个主题即是蒙田本人，其所占篇幅和例证的丰富程度与前者不相上下。作为最健谈的作家之一，他向读者提供了有关他的历史、性格、外貌、健康、习惯和品位的种种信息。这就是他著作的独特魅力——不绝如缕的倾诉，风趣、文雅，没有负担，让人顷刻间融入到这个颇具魅力之人的自述中去。

有鉴于此，蒙田的滔滔不绝绝对无人能出其右，可以肯定的是，没有哪个作家受到如此评价会比他更为惶恐。事实上，崇拜者的吹捧也许在某种程度上掩盖了他在文学上的真实地位。不可否认，无论是作为一个作家还是一个思想家，他都有缺点，而且是严重的缺点。尽管他的风格丰富多彩，独具随和性，有着古色古香的品位，但却形式匮乏：他缺乏对语言的最高掌控能力，而

39

40

这种能力往往能诞生伟大的文学艺术作品。他的怀疑论对哲学思想的贡献微不足道，因为他的思想缺乏追求和发现真正重要的学术真理所必需的方法和力量。给他冠上这些过誉的头衔反而弄巧成拙，让人忽视了他真正卓越之处。蒙田既不是一位伟大的艺术家，也不是一位伟大的哲学家，他并不是伟人。他是一个魅力四射、令人钦佩的普通人，有着最令人神往的天赋，他可以在白纸黑字的书卷上，无休止地与人推心置腹地交谈，可谓前无古人后无来者。他的自我揭露其实也并不深刻，他那杂乱无章的坦率直言与卢梭精辟的自省相比，显得多么肤浅、多么无足轻重！他的为人可能比卢梭更好，他的确是一个更讨人喜欢的人，但他远没有卢梭有趣。他的天赋正是靠生活中平和、私人的日常琐事取胜。在他的《随笔集》里，这种朴素的善意不时迸发出明亮而纯洁的光芒，在《论友谊》这一精彩篇章中，它所展露出的迷人和柔美，让人们看到了美好的人性，这也正是蒙田的内在本质。

41

第三章　过渡时期

　　从蒙田去世（1592）到路易十四登基的这七十年中，法国文学的发展趋势摇摆不定，难以捉摸。这是一个变革、彷徨，甚至衰退的时期。然而，在这些让人捉摸不清、相互冲突的运动中，一个新势头正在悄无声息地萌芽，发展缓慢，但稳扎稳打。从某种角度看，这个时代可以说是整个文学史上最为关键的一个时期，因为它为法国散文和诗歌达到最辉煌、最独具特色的鼎盛时期铺平了道路；没有过渡时期，也就没有伟大世纪（*Grand Siècle*）[1]。事实上，决定此后法国文学发展路线的理念，正是在该时期逐渐成形。毫无疑问，多姿多彩的文艺复兴运动孕育了七星诗社、拉伯雷和蒙田，如果放任其继续发展下去，法国文学此后将与西班牙和英国的当代文学趋于一致——它将延续 16 世纪文学巨匠们大胆尝试、自由奔放的特征。但在法国，该运动受到了干涉，并由此诞生出一种具

---

[1]　即 17 世纪，该时期法国在太阳王路易十四的集权统治下成为欧洲权力中心。

有极高价值，而且在欧洲文学中具有独特意义的文学体裁。

　　主要是政治原因导致了文艺复兴运动的中断。弗朗索瓦一世辉煌的君主制建立起来的稳定与和平看似牢固，却随着可怕的宗教战争爆发而灰飞烟灭。在约六十年间，虽有几次短暂的休战，整个国家却成为恐怖内乱的牺牲品。在红衣主教黎塞留的强权统治下，才终又秩序井然，人们再次孜孜不倦地实践写作的艺术，但此时文艺复兴精神那鲜亮斑斓的光辉已然消逝，一去无回。早在 17 世纪初，马莱布的诗歌就已经表达了新的理论和理想。马莱布才华横溢，但施展范围极为有限，他是一个充满激情的理论家，热衷于研究语法和遣词造句。他强烈批评七星诗社卖弄学问、矫揉造作，反对他们无病呻吟的抒情诗。他的目的是净化法语，使其变得有力、灵活、精准、得体，即使以减少风格、缩小范围为代价也在所不惜；他想要创造一种形式上简单、华美、纯粹的语言，一种用以表达崇高真理和美好想象的完美工具，尽管它可能无法用来描述炙热的个人情感或空想者的虚幻梦境。马莱布的可贵之处在于他的影响力而非他的作品。他的一些颂歌堪称典范，其修辞手法严谨、精准、稳重，音乐的律动不在于个人情感，而是跟随整体的美感以及思想的高度而起伏，这其中以献给路易十三的拉罗谢尔[1]

─────────────

[1]　拉罗谢尔（La Rochelle），法国西部城市。

叛乱之歌成就最高。他本质上是一个能言善辩的诗人，但不幸的是，他手上能使用的形式只有抒情诗，因而他从未有充分施展天赋的空间。这导致他空有理论而缺乏作品。他的诗学理论只有在比他更杰出、更幸运的后继者的作品中才能得到充分验证，路易十四时代的文学大师们将马莱布视为他们心智的启迪者。

　　马莱布的直接影响其实是非常有限的。他沉稳、朴素的理念丝毫没有影响到下一代的作家。他们的品位迥然相异。在 17 世纪 20—50 年代，突然之间，各种扭曲、矫揉造作、花里胡哨的文学开始流行。诗人的价值是以能否将诗句翻出花样来衡量的——构造巧妙的文字迷宫来表达夸张的情感——那些不能把复杂而支离破碎的比喻拖成好几页纸的散文作家根本上不了台面。这些矫揉造作的产物丝毫没有文艺复兴时期作家的闪光点——充沛的活力和创造性的技巧。它们毫无真情实感，只有刻意雕琢，它们的目的仅仅是自娱自乐。新流派以其扭曲的虚浮华丽及过分雕饰的优雅，被称为"矫饰文学"（ *Precious* ），后世作家用这个名称对其进行讽刺，并且将它变成后人的笑柄。然而，即使在这些荒诞无味的作品中，有洞察力的人仍可以观察到一场改革运动的迹象——至少是真正进步的契机。因为"矫饰文学"作家的扭曲，与其说是他们写得不够好，不如说是他们竭尽全力想要写好而造成的。他们绞尽脑汁摆出漂亮的姿势，毫无意外，他们失败了。简而言

45

46

之，他们太过沉醉于自我，但正是这种自我意识，点燃了未来的希望。马莱布的学说即使没有影响他们作品的实际形式，至少促使他们有意识地去创造某种形式，而不再满足于含糊和随意。这种新的自我意识主要表现在两个方面。首先表现为文学沙龙的形成——以著名的朗布依埃府（*Hôtel de Rambouillet*）的蓝色客厅[1]为首——在那里，人们热情讨论一切关于品位和艺术、语法和词汇的问题；而后，这种自我意识更加强烈地表现为，在黎塞留的干预下创办了官方文学家团体——法兰西学院。

学院的存在到底对法国文学产生了多大的影响，是利是弊，都难以盖棺定论。其创建的目的是赋予语言稳定性和正确性，维持高水准的文学品位，并建立一个能让当下最顶尖的文人向全国散播其影响力的权威中心。在很大程度上，这些目的已经达成，但也产生了相应的弊端。例如，该机构必然是保守的；学院作为文学纯洁性和文学品位的权威中心，其作用很可能已经被对它的强烈反抗冲淡，这种反抗一直表现出大无畏和变革的精神，若是缺乏这种精神，任何文学都会僵化。法兰西学院在它的整个历史中，一直缩手缩脚，跟不上时代。其结果是，一些最伟大的法国作家——包括莫里哀、狄德罗和福楼拜——都游离于学院之外，

---

[1] 文学沙龙由德·朗布依埃夫人开创，她把房间铺上蓝色的天鹅绒，饰以金银，用以举办聚会。

而一切法国文学理论都须经历痛苦和绝望的挣扎才能开花结果。 　　*48*
总的来说，学院的关键之处更多在于其间接作用。作为国家当局
唯一官方认可的作家机构，其存在无疑给法国文学界带来了特殊
的威望。它强调应严肃地对待写作的艺术——将其视为值得付出
精湛技艺和深思熟虑的对象——这也是法国作家的特征。业余作
家在法国文学中非常罕见，其罕见程度不亚于他们在英国文学中
的常见程度。英国大作家中，否认自己是文学家的数不胜数！斯
科特、拜伦、格雷、托马斯·布朗爵士，甚至是莎士比亚。当康
格里夫恳求伏尔泰不要谈论文学，而仅仅把他当作一位英国绅士
时，这位法国作家感到非常惊讶、厌恶，伏尔泰在他所从事的一
切事业中，一刻也没有忘记他首先是一位文学界的人。这是典型
的两国对待文学的不同态度：英国人随手丢弃他们出色的杰作，
弃之如敝屣；而法国人则将一切训练有素、耐心细致的精力都倾 　　*49*
注在创造、打磨非凡的文学作品上。

　　无论我们如何看待法兰西学院最终产生的影响，不可否认的
是，在其成立之初，有项举措并非善举。在红衣主教黎塞留的指
示下，学院对一位当时最杰出的作家发起了抨击[1]，这位作家比同
时代的人站得更高、看得更远，他的作品有显著的天才特征——

---

[1] 指法兰西学院对高乃依悲剧《熙德》（*Le Cid*）不符合三一律的指责。

他就是伟大的高乃依。1636 年，随着高乃依的悲剧《熙德》问世，法国现代戏剧拉开了帷幕。在此之前，法国戏剧艺术主要分为两派：一派沿袭了中世纪神秘剧和奇迹剧的传统，盛行于 17 世纪初，以阿尔迪粗犷、热烈、通俗的戏剧为代表；另一派由文艺复兴时期的作家开创，由此诞生出一系列学术性和文学性较强的剧作，这些剧作严格模仿了塞涅卡的悲剧，其中最典型的代表作是若代勒的《克莉奥佩特拉》（ Cléopâtre ）。高乃依的成就基于融合了两派的长处。若代勒的作品纯粹出于艺术性目的，在舞台上死气沉沉；而阿尔迪的情节剧虽然剧情生动，却过于粗俗，无法进入严肃艺术作品之列。高乃依将艺术性与生动的情节相结合，首次创作出一部一经问世便大获成功的戏剧。自此，法国戏剧注定会沿着《熙德》所开辟的康庄大道发展下去。但这是条什么路？这突出体现了当时文学主张的力量是多么强大，它甚至能够凌驾于高乃依强大而崇高的精神之上。从本质上来说，高乃依无疑是个浪漫主义者。他炽热的精力、漂亮的修辞以及对非凡和崇高的追崇，使他直到雨果的时代都比本国其他作家更接近于马洛。但是高乃依无法做到马洛所做之事。他无法将自己天才的激情和光辉注入到形式自由的通俗戏剧中去，从而创造出一种既丰满又美妙的悲剧。他无法做到，是因为整个法国文明社会的文学理论都站在他的对立面，是因为他自身被这些理论渗透，无法意识到他真正的才华所在。因此，他给法国文学留下的并不是英国伊丽莎白时代浪漫主义风格的戏剧，而是塞涅卡悲剧风格的古典主义戏剧，这种类型的戏剧曾被若代勒模仿过，也只有这种戏剧才能被 17 世纪法国评论家接纳。高乃依并不是将文学性注入到阿尔迪鲜活的戏剧中去，而是将若代勒的文学性戏剧变得妙趣横生。也许他这样做是幸运的，因为这直接催生了最能体现法语特性的典型产物——拉辛悲剧。与高乃依的浪漫主义精神背道而驰的古典主义戏剧，在拉辛这里得以完美诠释；因此，须考虑到拉辛才能对古典主义戏剧的特征进行更深入的研究，他作品的价值与其形式密不可分。而高乃依的主要特性可能更容易理解。

　　首先，他是个修辞学家，他是位有天分的语言大师，善于用文字营造激情澎湃、生动精准、有爆发力的效果。他出色的大段独白在滔滔不绝的语言洪流中带动着读者或听众（的确，高乃依的诗句，若不能听演员念出来，则失去了大半价值），诗句如波涛般一句接着一句，在不断积聚的力量中此起彼伏，最终随着一声狂啸轰然坍塌。这是一种不同寻常的诗歌：它不在于表现想象的画面、刻意塑造的美或微妙的感觉，而是满含智慧的激情和精神的力量。这就相当于在力量和才华上加强了上千倍的马莱布之诗，并承载以最合适的形式——戏剧化的亚历山大体诗歌。它的构成元素不是感官映射出的形象，而是思维过程，亦即议论。人

52

们可以理解以该元素创造出来的诗歌，可以是充满活力、令人印象深刻的，但人们很难想象，它如何能同时又充满激情——直到读到高乃依，人们才又一次领略到天才的强大力量。他的悲剧人物没有神秘面纱，没有氛围烘托，没有地方色彩，只是简单地暴露在明亮的理智之光中，吸引我们的注意力，紧紧抓住我们的灵魂。这些人物的语言冷静、沉重、流利，向人们揭示了命运的恐怖、爱的狂怒、自傲的激愤，燃烧着智慧的火焰，闪闪发亮。这些怪人越是深陷痛苦之中，他们的言辞就越是无情。他们用可怕的三段论来论证自己的恐惧，每一个推论都把他们推向深渊更深处，当他们终于被吞没时，智慧之焰就会燃烧到极点。

这就是高乃依悲剧中的独特情感。摇旗呐喊的不是人类，而是意志、力量、智力和自尊的化身。为角色安排的处境是为了最大限度地暴露这些品质，高乃依的所有杰作都涉及同一个主题——不屈不挠的自我主义和命运的力量之间的斗争。悲剧正是建立在这些"被激怒的矛盾"之上。在《熙德》中，希梅娜对罗德里格的爱慕之情与命运展开了殊死搏斗，这导致罗德里格成了杀害她父亲的刽子手。在《波利厄克特》（*Polyeucte*）中，则是爱情与宗教原则作斗争。在《贺拉斯》（*Les Horaces*）中，爱国主义、亲情和个人感情都与命运抗争。在《西拿》（*Cinna*）中，奥古斯特的心在大度宽恕和复仇欲望之间徘徊挣扎。在所有这些剧

中，主角都表现出超人的勇气、坚毅和自制力。他们是理想化的
人物，他们言语的力度和高度并不存在于现实生活，他们从不退
缩，从不动摇，而是坚定地走向末日。他们永远坚持自己的个性。

> 我是自己的主人，也是世界的主人。
>
> 我是，我也欲意为之。

奥古斯特如是说。梅苔[1]在她最不幸的时候也说出了相仿之
言——

> "身临此般深重厄运，您还剩下什么？"——"我！
>
> 我说，只剩我，这就已足够！"

"我"这个词主导着这些悲剧。满带强烈自我主义的主角们，
表现出的自我克制甚至更多于自高自傲，从而，他们嘹亮的反抗
号角声便被庄严的崇高精神和斯多葛派[2]的坚忍所交织而成的恢
宏乐章淹没。强大的精神反噬于己身，令自己粉身碎骨，并赢得

55

---

[1]　高乃依悲剧《梅苔》（*Médée*）女主人公。

[2]　斯多葛派（The Stoics）为一个哲学学派，在此指对痛苦或困难能默默承受
　　或泰然处之的人。

最终胜利。

显然，这类戏剧必会缺乏不少戏剧艺术通常具备的特征，其中没有空间来刻画形形色色的人物，表达细腻的感情或如实呈现现实生活。高乃依几乎没有心思去塑造这些，他早年在诗感和修辞上的天赋可以轻易弥补这一不足。然而，随着年岁增长，他的灵感大不如从前，他失去了对素材的掌握力，他再也无法用陈旧的渊博学识来丰满他所创造的人物形象。他的男女主人公变成了只会张嘴说话的木偶，用议论性的复杂术语，口若悬河地倾吐着矫饰、浮夸的感情。他后期的戏剧都以失败告终。这些作品不仅反映出高乃依戏剧手法的内在缺陷，还充斥着那个时代标志性的低级趣味和矫揉造作。鲜活的灵魂一旦抽离，恶心的生物就会从潜伏之处涌出，尽情啃噬死尸。

尽管高乃依有各种缺陷，他还是统治了法国文学二十年。他的才华横溢，他的卓尔不凡，他的不幸，他孜孜不倦的高尚品格以及参差不齐的成就，是那个时代暧昧不明的文化运动的典型代表。"矫饰文学"的作品依然从出版社源源不断地涌出——沉闷、扭曲的史诗，吟咏贵妇人蛾眉的生硬短诗，金玉其外的学术论文，长篇累牍的传奇，满眼都是浮华的爱情。突然某日，一本书信形式的小册子出现在巴黎的书摊上，它的出现为长期迷惘的理想和误入歧途的创作画上了句号。这本小册子即是帕斯卡的《致外省人信札》（*Lettres Provinciales*）第一册，它迎来了伟大的古典主义时代——路易十四时期的伟大世纪。

在《致外省人信札》中，帕斯卡创造了法国散文——我们今天所熟知的法国散文，以其活力、优雅和精致而在世界文学中独树一帜的法国散文。早期的散文作家——儒安维尔、傅华萨、拉伯雷、蒙田——他们之中，有的优美迷人，有的富于诗情画意，有的微妙精致，有的充满朝气，但没有人真正奏响独特的法兰西之音。他们缺少形式，而语言的力度和清晰度必须凭借形式才能展现。他们的语句不甚规范——冗长，复杂，飘忽不定，通过连接词聚成一个松散的整体。"矫饰文学"的作家们已经隐约意识到形式的重要性，但却完全没有意识到简洁的重要性。而帕斯卡率先意识到了。他的句子清楚、明晰、直截了当，被组织进一连串脉络清晰的段落中，这些段落根据逻辑思维的展开而构建，并不是杂乱无章地聚合到一起。因此，帕斯卡的散文和马莱布、高乃依的诗一样，是基于理性的，理智是其根本。只不过帕斯卡将理性阐释得更加精准。他的风格是非常现代的，完全抛弃了中世纪模棱两可的痕迹。帕斯卡完美掌握了他所锻造的伟大文学载体，可以说，若读者想要通过一部作品全面了解法国散文的优秀特征，那么《致外省人信札》就是最佳选择。在这本书中，读者可以领略到或轻盈或遒劲的文风、精细打磨的文字、美妙的智慧、巧妙

57

58

的讽刺和有条不紊的节奏，这是任何其他人类语言都无法达到的。《致外省人信札》是一部辩论性的作品，其真正主题是当时耶稣会的道德体系，这与当今读者的趣味相去甚远，然而，帕斯卡的艺术光辉却让每一页在今天依旧能引人入胜。前几封信出奇地轻快活泼，语气轻松欢快，如同出自普通世人的口吻，在戏谑性的猛烈抨击中，攻击悄然发动。随着书逐渐展开，氛围越来越严肃，我们感觉它涉及了更严重的问题，围绕耶稣会道德这个小争议，牵涉到各种盘根错节的善恶力量。最终，机巧、戏笑的面纱彻底被揭掉，帕斯卡爆发出满腔的怒斥。装满怒火的匣子被打开了，一声骇人的巨响如雷鸣般的瀑布一样奔流而出，在书结尾时，从最轻快的揶揄到最深重的谴责，在语言的音乐里，几乎没有哪个音符未被弹奏到。

59　　天资聪颖的帕斯卡是世界上有史以来最伟大的作家之一。他的天分不仅仅存在于艺术领域，还彰显在他的性格和思想品质上。这些侧面在他的《思想录》（*Pensées*）中绽放出非凡的光彩——这是一部笔记集，旨在为一本捍卫基督教的专著做准备，帕斯卡生前未能将后者完成。其中不少文章的风格甚至比《致外省人信札》更出彩、更遒劲。此外，我们还可以听到帕斯卡的亲切言论，谈论关于存在的深奥问题，这些重要话题最令人心惶恐不安。他的言论有两大主题：一是人类可悲的渺小——人类的理性、知识、野心，二是上帝至高无上的荣耀。人类的悲惨从未被描绘得如此入木三分。在他排山倒海的语句中，他用物质宇宙的无穷无尽来粉碎人类的傲慢。他声称人类的智慧本身是自相矛盾的，本质上愚蠢至极。"人类是多么不切实际啊！"他感叹，"多么新奇，多么残忍，多么混乱，多么自相矛盾，多么奇特！万物的审判者，地球上的臭虫，真理的持有者，迷惘和谬误的聚集地，宇宙的荣光和渣滓！"在隽永的文字中，他执迷于死亡的无上权威。"我们欣然栖息在充满同类的社会中。他们跟我们一样悲惨，一样软弱，他们不会伸出援手；我们将孤独死去。"他用一句令人毛骨悚然的话来总结这不可避免的结局来临时的景象："最后一幕充满血腥，然喜剧比其他一切事物都要美丽。终于，我们向他的头颅扬土，仅此而已。"接着是对全人类的结语："所以，傲慢之人，您该认识到您是多自相矛盾。放低姿态，智力低微的生物；闭嘴吧，蠢货……从主人那里聆听自己的真实情况。聆听上帝。"

60

尽管帕斯卡的写作风格是现代的，但其思想却深受中世纪精神的浸染。他既属于未来也属于过去。他是一位杰出的科学家和优秀的数学家，但他却对哥白尼的理论视而不见：他宣称思考不朽的灵魂更为重要。在他短暂生命的最后几年里，他陷入了一种迷信的麻木状态——禁欲，自我贬低，沉浸在一种诡异的兴奋中，像是一个中世纪的僧侣。因此，他的性格中有一个悲剧性的对立

61

因素——一个不和谐的乱音在《思想录》中重复出现。"人类的境遇，"他写道，"变幻无常，苦闷，不安。"这也是他对自身状况的描述。一种深深的不安吞噬了他，他绝望地抛弃引以为豪的智慧，转而寻求宗教的慰藉。但这真能消除不安吗？不论他静坐还是前行，在他脚下似有一个巨大的沟壑在黑暗中打开，通往看不到底的深渊。他仰望天堂，熟悉的恐惧仍然笼罩着他。——"无垠空间的永恒寂静令我畏惧不已！"

第四章　路易十四时代

当路易十四上台掌权时，法国一夜之间达到了惊人的繁荣，仿佛整个民族忽然变得繁花似锦。每项人类活动——战争、行政、社会生活、艺术、文学——都生机勃勃，欣欣向荣，法国一跃成为欧洲之首。即使最后法国在军事和政治上一败涂地，不得不放弃征服世界的梦想，它在艺术上出类拔萃的地位却未被动摇。因为在接下来的一个多世纪里，法国文学及其风格依旧在文明世界引领风骚。

没有其他任何一个时代，大作家们的作品能如此深受社会环境的影响。尽管路易十四大权独揽，贵族的政治权力终于式微，法国社会生活的性质依旧完全是贵族式的。路易十四通过精心谋划的政策，将社会中心聚集在金碧辉煌的凡尔赛宫，强化了固有的阶级分化。凡尔赛宫是路易十四时期的中心。这座庞大的宫殿，几乎无边无尽，如此庄严，如此宏伟，有一大片精美的花园，有从远方森林移来的参天大树，有耗费巨资在干旱土地上建立起来的供水系统，有附属的小型公园和宫殿，有一大群战战兢兢的华贵侍臣，这里汇聚了堆积如山的财富、荣华和权力——这远不只是个皇家行宫，它有更重要的意义：它是一个繁华时代的精华，是王权所在，更是这个时代看得见摸得着的理想的呈现。但这个时代的理想是什么？让凡尔赛宫得以建成的社会理念其实非常狭隘、不公，但我们不能因此而蒙蔽了双眼，忽视了它造就的真正高贵和辉煌。的确，在路易十四和朝臣们光芒的背后，是一贫如洗的法国，是家破人亡的农民，是一个狭隘的体系，是特权，是腐败的行政，但同时，它的光芒也是货真价实的光芒——

64 不是虚假、微弱的闪烁，而是一个民族的生命之光所散发出的温暖、灿烂、强烈的光线。这生命，不论对曾经体验过它的人有多少意义，已经在这世上消失很久了——现在仅存留于那时诗人的著作中，或在凡尔赛宫的无限苍凉之中，诡异地映射给游客。它的匆匆消逝，从整体上来看，无疑是一件幸事，但当我们回顾它时，仍能感受到古老的魅力，甚至更渴望感受它的奇特之处——它与我们今日生活体验的不同之处。我们会窥见一个盛大、灿烂的世界，一个充满仪式感和装饰的世界，一个感情充沛的玲珑世界，它为自己披上了精心华美的外衣，懂得如何轻松、奢华地生活，像着了魔一样将国王奉为神明——这在我们的认知中只不过是异想天开的梦幻泡影。当清晨朝阳升起，号角响彻长街，年轻

的路易十四在他最初的光辉岁月里领队出猎，谁能不幻想加入这
金光闪闪的队列呢？随后，我们兴许会徘徊在一望无际的露台上，
看这位伟大的君王，穿着红色高跟鞋，拿着金鼻烟盒，带着高耸　　65
的假发，在群臣簇拥之中走来，或者看他在精美的包厢中为莫里
哀的芭蕾舞剧鼓掌。当夜幕降临，在流光溢彩的镜厅中，音乐流
淌，人们翩翩起舞，或者在花园中举办化装舞会、盛宴琼筵，火
炬在人工修剪出造型的树林中投下光怪陆离的阴影，快活的贵公
子和高傲的贵妇们在星空下高谈阔论。

　　这就是法国古典文学诞生的环境，它带来了多方面深刻的影
响。古典文学，其形式和内涵，都是贵族文学，尽管其作者几乎
无一例外均是得王室青睐而被捧起来的中产阶级。这个时代杰出
的剧作家、诗人、散文家，他们在特许下为特定观众创作，他们
自身没有任何权利。他们身处名门贵胄、繁文缛节的世界中，却
不属于这个世界，因此，他们的作品反映了当时最美好的社会理
想，而没有沾染上上流阶层文学作品肤浅、业余的毛病。其实，　　66
这个时代的文学卓尔不凡，正是因为有与之相反的品质——稳固
的精神基础以及极其精湛的技艺。这是深刻、精巧的艺术家为一
小群悠闲、高贵、挑剔的读者创作的作品，同时保留了来自他们
自己生活经验的宏大世界观和分寸感。

　　这些贵族读者不再涉及政治活动，这给当时的作家带来了

更深远的影响。贵族的旧品味——爱情故事，骑士和战争的激情——逐渐淡出荧幕，内心深处对和平和文明的追求取而代之。德·塞维涅夫人精美的书信呈现出现代气息，女性成为品味和时尚的权威，会客厅成为生活的中心。这些倾向反映在了文学上，高乃依的权力斗争悲剧被拉辛的心灵悲剧所取代。这种变化不仅表现在大的轮廓上，整个生活的基调都体现出良好的教养，温和文雅、高贵庄严，文人也不可避免地受到这种影响。他们的作品因其明净雅致、优美简洁、轻巧自如而非同凡响，它们熔铸了完美的风格——宏美而不虚浮，朴素而不粗糙，精巧而不矫揉造作。这就是杰出的文学形式——赫赫有名的法国古典主义文学的主要特征。

然而，勋章也有反面。这些特征也必然会有缺陷，这些缺陷在古典主义大师手中虽不起眼，几乎难以察觉，但在二流作家手中却变得更加突显，最终让整个古典主义传统都声名狼藉。在这样一种精心、高雅、精挑细选的文学中，必然会有狭隘之处。一切艺术都始于舍弃。杰出的法国古典主义作家，兴许比世间历史上所有其他流派的作家更具艺术性，他们不遗余力地实践删繁就简的优良作风。明净之美，简洁、从容之美，是他们的追求。为达目的，须得舍弃其他的美，它们虽然迷人，但无法与前者相比。模糊的暗示、复杂的思想、怪诞的想象——这些我们熟悉的诗歌

修饰，正是路易十四时期文学大师们竭力避开的因素。他们愿意
牺牲广泛性和精巧性，他们准备好了舍弃猎奇和神秘所营造的神
奇效果，因为这些追求偏离了他们选择奋斗的康庄大道——在他
们规定的范围内创作完美无瑕的艺术品。他们非常成功地做到了，
这也正是当代读者，尤其是有着不同审美传统的盎格鲁－撒克逊
人，难以完全理解他们作品的原因之一。而我们有更宽阔的视野，
更复杂的兴趣，更难以捉摸的情绪，他们晶莹透亮的小世界对于
我们来说不仅无趣而且过时，除非我们能花费一些耐心，探索其
中蕴含的魅力和美好。这还不是唯一的难处。古典主义传统，和
所有传统一样，会衰败：其优点僵化成风格主义，其缺点发展为
教条，有时，我们很难辨别一位作家是从心所欲不逾矩的艺术家，
还是被规矩奴役的匠人。如果我们不熟悉这些规则，就会被规则
本身吸引，而忽视其背后的精神内涵。后期古典主义作家的作品
的确没有什么精神值得探索，它们只剩下空壳——一具过于讲究
的、空洞矫饰的骨架，挥舞着腐旧思想的破布。任何伟大的传统
都有其衰亡的方式，古典主义传统亡于故步自封。它渐渐畏惧有
血有肉的生活，过分典雅而无法面对现实，太高高在上而无法脚
踏真实、具体的土地。它不敢碰触任何实物，只敢泛泛而谈，因
为只有这样才安全，才无伤大雅，才体面。然既如此空洞，又能
有何神益？它饥肠辘辘，缩成一团，念叨着古老的咒语，即使咒

69

语失效，它仍机械般地念将下去。

但在路易十四的鼎盛时期，文学没有这种弊病的迹象，尽管这弊病确有潜在的萌芽，相反，这个时代的杰作充满了生命力和力量。我们可以用一个词来形容它们——世俗，最广泛、最高程度意义上的世俗。它们以完美的诠释，代表了这个世界的精神——伟大、壮丽、强烈，人间戏剧赋予它生机，秩序之美是它的倾向。因为在这个时代，大放异彩的世界有了自己的个性，中世纪灰暗的宗教信仰终于淡出视野，希腊罗马文学传递出温和的信号，在更广阔的眼界提出质疑之前，在对内心的审视带来崭新的灵感之前，文明暂时可以享受一段新的繁荣期。那个时代的文学建立在被广泛接纳的基础上——既包括政治领域，也包括哲学领域。它有稳定的贵族社会基础，吸纳了罗马天主教会的正统教义。因此，与 18 世纪的文学相比，它缺乏思想性；与中世纪的文学相比，它摆脱了宗教性。它缺乏对自然现象的积极意义和消极意义的感知，而这种感知主宰了浪漫主义复兴时期的文学。命运、永恒、大自然、人类的宿命、"大千世界里梦见未来的先知灵魂"，这些神秘事物几乎都被彻底忽略了，甚至死亡也差不多在视野外。在这一点上，路易十四时代和伊丽莎白时代的文学实有天壤之别！后者沉迷于感知生命之有限，它极具穿透力的想象，达到了一定的深度和高度，向我们展示人类在永恒之中漂泊，浩瀚

70

71

宇宙是一个缥缈的虚影。而前者,这些美妙的朦胧之物全然不见踪影,它们就像窗外暴风雨肆虐的黑夜一样,被关在了外面。夜晚并没有消失,只是它在屋外,人们看不见它,它被忽略了;而屋内烛火通明,宾客们济济一堂,这一切是如此温馨,如此明亮。看惯了外面世界激烈冲突的人,初看到这间小屋时也许会觉得它狭小、造作、毫无价值。但请稍作停留!渐渐地,我们会感受到这间秩序井然的小屋的魅力,欣赏它的装饰之美,以及屋内人非凡、通透的言谈。若我们继续驻足,还会有更多的收获。我们会发现,在这个小社会中,这里不只有安逸、良好的教养以及优雅,还有感情波动和灵魂的微妙体现。我们应意识到,将恐惧和神秘拒之门外,至少可以让人专注,得以毫无障碍地感知人的内心活动——不是那一心悬在空中、胡思乱想之人,也不是闷头独自反思之人,而是有学识、脚踏实地、胜友如云,沐浴在世界的璀璨光芒中之人。

72

然而,若说该时代文学的主要特征是优雅、壮美的世俗性,那么,这个时代最伟大的作家们却处处透露出相反的倾向,虽然不明显,但是千真万确。有时候会有变调,在打磨光滑的外表下,涌动着躁动不安,短暂、隐晦的例外会打破一如既往的常规。这个时代的大艺术家貌似不仅能写出顺应潮流的作品,也能反抗之。他们是叛逆者也是征服者,这给他们的作品增添了非凡的价值。

73　他们的作品中渗透着一种奇特、深刻、非世俗的忧郁，就像精美的甜点中，一味微妙又意外的香料，为它添上了最后的美味。

　　在更具体地分析这些大艺术家之前，不妨先概览一位作家的作品，他虽没有这样的头衔，但他值得作为这个时代文学理想的代言人被关注。布瓦洛，他曾是欧洲大陆毫无争议的权威鉴赏者，现如今已被人淡忘，人们只记得他是一位业已衰落的传统的大祭司，以及写了一些金句的作家，这些句子现已成为法语谚语。他是一个头脑活跃的智者，勇敢，独立，热情地投身于文学，并且在一门高深的艺术——诗歌创作——上有着高超的技艺。然而他在诗歌创作上缺乏天赋的力量和手段，而且他的价值不在于他是个诗人，而在于他是个批评家。当法国文学尚未明确发展路线，当古典主义尚在襁褓之中，其中的佼佼者诸如莫里哀、拉辛、拉封丹等尚在一群低劣的作者中捍卫他们的优越性——后者现已被

74　遗忘，他们的作品沿袭了上个时代软弱、格调低下的传统——正是在这个时候，布瓦洛以其令人钦佩的远见卓识，以其对己见的勇于坚持，还有他的尖刻和非凡的智慧，不遗余力地为新运动助力。虽然即使没有他，古典主义，就和一切美好事物一样，无疑也会最终获胜，但却很难产生布瓦洛带来的巨大影响。多年以来，他在一系列讽刺诗、尺牍诗、《诗的艺术》（*Art Poétique*）及大量散文作品中，向大众读者灌输矫揉造作、装腔作势的老一代"做

作派"毫无价值，而当代作家的成就、价值极高。不只如此，他对个人作品进行了褒贬，还树立了总的原则，多次对新流派发表了一针见血的看法。因而，古典主义经他之手建立了自我意识，一群作家因统一的目标而组成团体，联合在一起，决心对法国文学，乃至世界文学的发展，带来翻天覆地的影响。他能明辨同时代作家的长处，有着精准的先见之明，他巩固了古典主义传 **75** 统——有鉴于此，须将布瓦洛视为伟大批评家行列的先驱，这是法国文学的殊荣之一。他的大部分作品可能永远不会再被人阅读，除了好奇的探索者之外，不过，幸而他著作的精神浓缩在一首短篇尺牍诗——《致灵魂》（*A son Esprit*）中，文中完美展示了他优秀的判断力、他的智慧、清醒的头脑，以及他人性的本质；这种精神至今依旧在给法国文学注入活力。

然而，他的学说尽管在当时极具价值，但对一般美学理论的贡献不大。布瓦洛想要落实规范诗人的普遍性原则，却没有足够的能力完成这个任务。他学识有限，同情心狭窄，思维能力缺乏深刻性，结果他犯了沉浸在时代论战中的作家所犯的共同错误——他树立的准则只适用于他自己的时代，他却将其尊崇为普遍规则。他的主张，实际上只适用于路易十四时代的法国，但在他的阐述中，似乎这是拯救文学的唯一准则，放之四海而皆准； **76** 并且，在近一个世纪的时间里，他的自我评价被主流文明世界认可。布瓦洛有充分的理由厌恶矫饰文学夸张的矫揉造作，讨厌夏普兰乏力的自夸自大，讨厌高乃依后期风格中扭曲、浮夸、善于诡辩的男主人公。在他看来，古典主义以回归自然、理性和真理的基本原则作伪装，来反抗这些弊病。某种意义上来说，他是对的，因为，莫里哀和拉辛的作品确实比科坦神甫、普拉东的更自然、更合理、更真实，他的错误在于认定这些特征是古典主义所特有的。他感知到清晰、秩序、精致、简洁之美，就匆忙下定论——这是大自然本身的特征，而且，不具备这些特征，就没有美。他错了。大自然如此广博，无法被塞进某一个美学体系之中；美，常常是复杂、模糊、梦幻、奇特的，这种美兴许比与之相反的美更常见。布瓦洛理论的根基，是对健康的常识的由衷热爱。

77　他坦言过几次，他厌恶的不是想象，而是怪异。例如，"神说，要有光，于是就有了光"，针对这个华美的句子，他可以写出一篇充满激情的赏析；因为，这个句子里的想象包装在显而易见的美中，用最简单的意思写出了崇高之感。与杰出的同时代人相比，布瓦洛是更彻底的法国中产阶级代表。

　　布瓦洛为之辩护、解释的作家中，最出名甚至最伟大的是莫里哀。莫里哀在法国文学中的地位，类似于西班牙的塞万提斯、意大利的但丁、英国的莎士比亚。他的荣誉不仅是国家性的，更是世界性的。他才华横溢，集法兰西民族最广泛、最深刻的特性于一身，他超越了国家、语言、传统的界限，在一片更广阔的天地上——全人类的心中翱翔。在法国之外的世界里，只有他，威名赫赫，发出了真正的法国之音。

这当然得归功于他的才华，同时在某种程度上，也得益于他才华的特殊展现形式。仅从质量上看，很难判断他的作品在成就上是高于还是低于拉辛——他喜剧的视野宽度、多样性和人性，是否能与拉辛悲剧的诗歌性、紧凑性和完美的艺术手法相抗衡，但似乎可以肯定，这二人在世界上的名声差异，绝不代表他们真正价值上的差异。拉辛输在他的完美性和成就的完整性。他是一个纯粹、特殊的法国天才，若非土生土长的法国人，几乎不可能完全欣赏他；莫里哀赢在他的不完整性，甚至在某种程度上，赢在他的美中不足。在所有法国古典主义大作家中，他是最不古典的。他流动的心溢出了创作框架。他的艺术囊括了所有喜剧情感，从最莽撞的插科打诨，到最冷峻的讽刺，再到最巧妙的智慧，密切贴近生活，似乎达到了所追求的无瑕之美。他缺乏严谨的形式，而严谨的形式正是成熟艺术家的标志：他有时犹豫、模棱两可，经常很草率；在一些他最好的作品中，结构很潦草地凑在一起；他思想的外包装——他的语言，并非完美无瑕，他的诗歌更接近于散文，而他的散文有时会效仿诗歌的节奏。其实，对于古板的 18 世纪古典主义作家来说，这座巨人雕像有陶土做的脚也不

78

79

足为奇。毕竟，每块陶土都有它自身的价值：它是组成大地的物质。这种物质是莫里哀的一部分，给了他广泛、厚实的基础，让他贴近世界上的芸芸众生。

在这方面，他的作品深受自身生活环境的影响。莫里哀从未体会过外界的闲适、隐逸和自由，而这上面的缺失，让他的艺术很难达到炉火纯青的地步。他的生命充满了较量，他终其一生是位职业演艺者，并且死在了这个负重的岗位上。他早年生活在乡下流动剧团艰难、低微的环境中，他在剧团中担任经理和主要演员，并且写出了他的第一部戏剧。他大器晚成。直到三十七岁，他才写出《可笑的女才子》(Les Précieuses Ridicules)，这是他的第一本天才之作；直到三年后，他才完全发挥出潜能，写出《太太学堂》(L'École des Femmes)。他所有的杰作都写于接下来的十一年间（1662—1673）。在这段时期里，国王的赞助给了他稳定的社会地位，他成了巴黎和凡尔赛宫的名流；他是个成功人士。然而，即使在这些繁华的岁月里，他也麻烦不断。他不得不与敌人的阴谋诡计不断抗争，其中最大的劲敌是基督教会的权威；况且路易十四的喜好也有其弊端，因为这让他持续耗费精力在浮华、短暂的宫廷取乐上。此外，他的私生活也不幸福。他和莎士比亚在事业上有许多相似之处，但和莎士比亚不同的是，他没能享受作品带来的收益，因为他死在了其中。他在五十一岁时，担任主角演出自己的作品《无病呻吟》（*Le Malade Imaginaire*）后，溘然长逝。

他的首要成就是创造了法国喜剧。在他之前，有吵嚷的闹剧，有向意大利借鉴的传统阴谋喜剧，还有西班牙式的离奇冒险和滑稽戏。在法国文学中，莫里哀对喜剧的贡献，一如高乃依对悲剧的贡献：他将其提高到了严肃艺术的级别。他是第一个完全发现日常生活之美的人。他是最不浪漫的作家——他是一个彻底的现实主义者，他明白真正的喜剧存在于人类社会的现实生活中，在于愚蠢之人的忸怩作态，在于乖戾之人的荒谬，在于上当受骗者的愚昧，在于骗子的厚颜无耻，在于家庭生活的幽默和糊涂。和所有的开创者一样，他的影响弥足深远。他一举确立了喜剧的地位，并规划好了此后两百年间喜剧发展的道路。时至今日，在整个欧洲，一般戏剧的主要特征都可以直接溯源到才高八斗的莫里哀。

若说他的创作缺乏古典主义理想，他思想的宽度和多元化也沿袭了这一特征，然他的戏剧手法实质上和拉辛一样，依旧是古典主义的。他的题材非常丰富、多样，但他的处理手法严格受到古典主义艺术观念的限制。他深谙甄选之法。他剧中的事件并不多，经过精心挑选，给观众留下极其深刻的印象，巧妙的安排让它们严丝合缝地环环相扣。他对事件的选择，仅基于一个考虑——是否能凸显人物，而人物本身仅通过精挑细选的几个视角呈现在我们面前。莫里哀狭窄化、选择性的人物处理手法，和浪

81

82

漫主义风格大师莎士比亚那精雕细刻的手法形成了鲜明对比。这位英国戏剧家将他的人物立体地呈现给我们，无数切面展现出一个又一个特质，将最细微、最难以捕捉的人物性情都展示出来，直到整个人物最终成形，具备了生命本身的复杂性和神秘性。而这位法国伟人的方法则完全不同。他不扩展，反而刻意缩小他的视野；他抓住人物的两三个主要特征，用尽一切艺术手法让它们在人们心中留下不可磨灭的印象。他笔下的阿巴贡[1]是一个年迈的守财奴——这就是我们所能知道的关于他的一切；比之莎士比亚笔下苦痛、骄傲、贪婪、报复心强、敏感甚至近乎可悲的犹太人[2]，这种呈现是多么的具有局限性！达尔杜弗[3]，也许是莫里哀最出彩的角色，其人物的复杂性甚至比不上莎士比亚轻描淡写的马伏里奥[4]。谁能预料到马伏里奥向朱庇特倾吐的那番荒谬之谈？达尔杜弗身上没有这种惊喜。他有三个特征，也仅有三个——伪善的宗教信仰者、好色之徒、迷恋权力；他说的每一句话都具备这些特征或之一。与精细刻画的福斯塔夫[5]相比，达尔杜弗只具备让人震撼的轮廓，然而，这就是莫里哀艺术的力量和强度——我

---

[1] 《吝啬鬼》的主人公。

[2] 指《威尼斯商人》中的犹太富商夏洛克。

[3] 《伪君子》的主人公。

[4] 《第十二夜》中的人物。

[5] 《温莎的风流娘儿们》中的男主人公。

们看得越深，就越难以断定达尔杜弗不是一个了不起的创造，就算比之福斯塔夫也毫不逊色。

诚然，莫里哀的才华最成功之处就在于人物塑造。他的方法狭窄，但深入。他直奔人的本性，撕开人的要害，然后重施几次巧妙的笔触，刺穿赤裸的灵魂。他的闪光灯从未失效过：装模作样的纨绔子弟、愚昧的医生、蠢笨的商人、无情的摩登女郎——他冷笑着，在这些人物以及形形色色的其他人物出丑时，将灯光照在他们身上，然后将灯光熄灭，让我们在脑海中留下难以忘记的画面。鲜明性并非他肖像刻画的唯一突出之处，其精髓上升到了崇高的境地，呈现出了一幅人类精神所能达到的新的壮观景象。有人说，莫里哀的本质在于人之常情，他的根本主张是中庸之道，是世间通情达理之人的普遍人生观——世人之典范。这个主张无疑贯穿了他的著作，他本质上是在探讨充斥人性的怪异和夸张，但他若只是个中庸之道的清醒倡导者，就不会变得如此伟大。没人比他更清楚地意识到正确判断力的重要性，而且，他看得更加深远：他探进灵魂深处，衡量那些将人类智慧下达的乏力指令置之度外的怪力，这些力量毫不妥协，将人类的尊严甚至高尚，推向愚蠢乃至邪恶。因此，他让软弱、悲惨的阿巴贡臭名昭著，他赋予了恶霸唐璜机智、高傲、令人畏惧的形象。在《女学究》(*Les Femmes Savantes*) 中，他对女学究们进行了讽刺，毫不

84

85

留情地对其进行无尽的奚落：这群荒谬、迂腐、自鸣得意的女子，在阵阵哄笑声中，在我们面前被揭穿老底。若莫里哀只是个头脑清醒的道德家，他给出一些批评无疑就已经很足够了，但对莫里哀来说，这还不够。她们在剧终时给我们留下的印象，不单纯是卖弄学问的荒唐；在核心女性角色菲拉曼特身上，他描绘了对优秀事物错误、扭曲的痴迷；当她终于走出来时，她滑稽，困惑，但正如她对语法和天文学的着迷，在她一脸庄严的荒谬中，我们近乎感受到了尊敬。莫里哀最出色的肖像刻画当数突出表现了人类精神的达尔杜弗。这是一种最卑鄙、最恶心的邪恶，被放大到了极限。达尔杜弗，一个伪君子、骗徒、勾引恩人妻子之人，他罪大恶极，就仿佛是弥尔顿笔下的撒旦生活在 17 世纪法国资产阶级家庭中。

　　莫里哀多才多艺，他不仅懂得如何让人笑，更懂得如何让人开怀大笑。他是最欢快的作家，他的闹剧充满狂风骤雨般的欢笑和颇具感染力的荒诞不经，是闹剧的完美典范。他使得这些轻松、胡闹、快乐的戏剧，和最严肃、最沉重的人类作品一样，永垂不朽。他给这些戏剧注满了不羁的智慧，将其中的语句浓缩成世代流传的滑稽谚语——"我们改变了这一切。""他怎么会被牵扯进这件事来？""你的建议是有私心的。"他设法有效保存了幽默的调料，即便是风靡一时的矫揉造作，也都传递给了我们，仿佛首演时一样新鲜。《可笑的女才子》，一部反映16世纪50年代纨绔子弟言谈举止的讽刺短剧，至今仍能让我们捧腹大笑。这是莫里哀显而易见的才华，无须多加强调。

他心灵中更为深远的品质——饱含着苦痛和怀疑的忧郁——在初读时可能会逃过读者的视线，而这正值得深入研究。他最伟大的作品近乎悲剧。《伪君子》（*Tartufe*）虽然结局美满，却给人一种毛骨悚然之感。《唐璜》（*Don Juan*）似乎在灌输宿命论的怀疑主义。在这部杰出的戏剧中，这部莫里哀最偏离古典理想的作品中，宗教和道德的传统规则受到了尖刻的蔑视。唐璜，傲慢智力的化身，还有他的仆人斯加纳列尔，一个无用的、对正派和法律迷信的支持者，这就是呈现在我们面前的两个仅有选项；二者的对立从未得到解决，玩世不恭之人最终被戏剧性的一幕毁灭，而愚蠢至极的傻瓜在帷幕落下时依旧面对观众。

《唐璜》的意义高深莫测，而结构松散，简直像是出自某位 *88* 19世纪末的作家之手，但《恨世者》（*Le Misanthrope*）和谐而又精彩，清醒而且深刻，只可能是路易十四时代的产物。在这部剧中，莫里哀的才华可能达到了顶峰。该剧展示了一个绅士和淑女的小圈子，其中一人——阿尔塞斯特，因感情强烈、思想诚实而脱颖而出。他爱上了一位聪慧、魅力四射的女子塞莉曼，而这部剧的主题则是他幻想的破灭。情节没有大的波澜，事件也不多。

莫里哀以精湛的艺术手法导演了这场注定的灾难。塞莉曼不会为了阿尔塞斯特而抛弃这个世界，而这正是阿尔塞斯特接受她的唯一条件。仅此而已。然而，当这出戏落幕之时，它向我们揭露的又何止如此！阿尔塞斯特的形象常常被视为作家的自画像，其实，很难相信，莫里哀自身的特点或多或少地融入了他创造的这位敏锐、富有同情心的人物之中。阿尔塞斯特的本质不是厌世（这部剧的标题有些误导），而是敏感。他是剧中唯一有强烈的感知的人物。只有他恋爱，受苦，了悟。他的忧郁是深重幻灭的忧郁。也许，莫里哀正是如此看待这个世界的，正是"这个阴暗的小角落，满怀阴郁的悲伤"。世界！不管怎样，对阿尔塞斯特来说，世界是一个劲敌——它充满虚幻的理想、冷漠的心和假意安慰。他与之相抗，以失败告终。世界无情地呼啸而过，只留下他，孤独地躲在小角落里。这就是他的悲剧。这也是莫里哀的悲剧吗？这场悲剧，无关国王和帝国，无关浩劫和瑰丽的想象；这悲剧，没有那么感天动地，也没有那么崇高——它是平凡生活的悲剧。

英国人一向喜爱莫里哀。毫不夸张地说，他们向来讨厌拉辛。英国评论家，从德莱顿到马修·阿诺德，都一直拒绝让他在世界伟大作家中占据一席之地；而当今的普通英国读者，如果他们还能想起他的话，可能会认为他是一个枯燥、冷漠、传统的作家，早已过时，头戴垂肩假发，从未写过一句真正的诗歌。然而，在法国，拉辛几乎是家喻户晓，他的戏剧仍然占据着舞台，并激发最优秀的演员发挥演技；可以肯定的是，若要一个受过教育的法国人从所有法国作家中选出一位完美的大师，拉辛会是他们第一个脱口而出的名字。在文学领域，和政治一样，你无法控诉整个国家。法国人异口同声地说拉辛不仅是最伟大的戏剧家之一，也是最伟大的诗人之一，这其中必然有某种正义，某种意义；英国人谴责或鄙视外国作家之前，应当谦虚一点，尽量去理解这位作家的同胞是如何看待他的。而拉辛，无疑是一个特别棘手的问题。这需要克服纯粹的民族反感，克服思想习惯和品位上的真正差异。但是，一旦克服了这个困难，就会有更大的收益。因为这能培养不仅是对某位艺术家的欣赏，而是对某一类艺术家的欣赏，这将 *91* 开辟艺术大陆上的一个新天地。

英国戏剧文学诚然是由莎士比亚主导的，英国读者难免要用莎士比亚在其脑海中植入的标准来衡量其他诗剧的价值。然而，毕竟莎士比亚本人仅是一个特定戏剧传统的产物和巅峰，他没有按照理想模式来创作戏剧，他是一个伊丽莎白时代的人，始终按照该时代该国家的方式写作，正如我们所知，他在同时代作家中"出人意表"。但是这些方法和惯例是什么？要准确地进行评判就不能只看莎士比亚的杰作，因为它们被旷世天才的光辉覆盖和神圣化，而应该看伊丽莎白时代普通剧作家一般水平的戏剧，甚至是莎士比亚自己较差的作品。从这些作品中，很明显可以看出伊丽莎白时代的戏剧传统有很大缺陷。的确，它赋予了戏剧丰富性、多样性，以及诗歌的崇高地位，但同时，它也使其结构松散，宗旨模糊，沉闷乏味，格调低下。伊丽莎白时代的作家才华惊人，但这种才华在举步维艰的困境中挣扎；实际上，他们在诗歌和戏剧上虽有惊世之才，他们的作品却已从舞台上消失，如今只有少数英国文学爱好者知悉。只有莎士比亚没有屈服于他的创作。他的绝世才华，协调、抬高了伊丽莎白时代传统中不和谐的元素，赋予它们永生，而且是大众所能理解的永生。只要英国还有剧院，他的上乘之作就将继续上演，继续收到掌声。但莎士比亚自己也有不成功之作。在他次一等的戏剧中，比如《特洛伊罗斯与克瑞西达》（*Troilus and Cressida*），或《雅典的泰门》（*Timon of Athens*），一眼就可以看出伊丽莎白时代戏剧手法的弊病是多么根深蒂固、多么恶性，让人深受其害。智慧、诗意与平淡、愚蠢交织在一起；宏伟的场面漫无目的地飘向无力的结局；绝妙的心理描写与粗鄙下流之行、拙劣的双关语交替出现。这真不免让人感叹："啊！一半有理，一半胡说。"[1] 然后，《李尔王》（*Lear*）和《奥赛罗》（*Othello*）的魅力重又让人蒙蔽了双眼，少数几个成功

---

[1]《李尔王》第四幕第六场（梁实秋译，北京：中国广播电视出版社，2001）。

案例让人们忘记了这个有缺陷的体系，他们无法容忍任何不是按照《泰尔亲王佩力克里斯》(*Pericles*)、《泰特斯·安德洛尼克斯》(*Titus Andronicus*)，以及伊丽莎白时代才子们创作的大量扭曲、杂乱无章的作品所遵循的原则而写成的戏剧。

拉辛的原则其实恰恰相反。伊丽莎白时代作家的口号也许是"兼容并蓄"，拉辛的口号则是"紧凑"。他的伟大目标，不是创作一件非凡或复杂的艺术品，而是一件完美无瑕的艺术品；他想要一切都正中要害，没有离题之处。他的戏剧理念是迅速、简洁、必然；情节发生在危机时刻，没有冗余，没有任何不相干的事，否则再有趣、再美妙也会被舍弃，只有朴素、强烈、有力、精彩的情节，才带有自身的本质力量。毋庸置疑，拉辛关于怎样才是好戏剧的观点已经被之后的舞台验证。伊丽莎白时代的传统消亡了，或者说它已脱离了戏剧，被现代小说吸纳；危机型的戏剧，譬如拉辛构思的这种，才是现今舞台剧公认的模式。与之相关的，还有一场古老论战，这场论战偶尔还会在批评界的废墟里兴起，这就是三一律的问题。在这场争论中，双方都只满足于重申无关紧要、毫无意义的论点。考究是否是亚里士多德规定了三一律，这根本无关紧要；发生在 36 小时内的情节的舞台呈现，是否有可能比 24 小时的更为震撼，这种讨论毫无意义。三一律的价值既不在于其传统权威，也不在于其真实性(*vraisemblance*)。它真正的重要性在于，这是使戏剧紧凑的有力手段。因此，从绝对意义上讲，三一律本身没有好坏之分，其好坏取决于剧作家所追求的结果。如果他想创作一部伊丽莎白时代风格的戏剧——一部包容性的戏剧，尽可能地包含形形色色的人类生活，那么显然，遵守三一律必然会带来局限性、狭隘性的影响，这将不得其所。而在一部危机型的戏剧中，三一律不仅大有用处，而且几乎必不可少。如果一场危机要真正地成为危机，就不能无限期地拖延下去，它持续的时间不能超过几小时，或者，划个粗略的范围——不能超过一天；所以其实，时间的一致性是必须保留的。再者，如果情节要迅速发展，就必须发生在同一个地点，因为没有时间让角色在别处活动；因此，地点的一致性也是必要的。最后，如果思想要全神贯注在某个特定的危机上，就不能被旁枝末节分散注意力，只呈现事件，别无其他；换句话说，剧作家若不遵守情节的一致性，就无法达到他的目的。

我们试着分析拉辛最具特色的戏剧之一《贝蕾妮丝》（*Bérénice*），并将其与一部同具特色的莎士比亚作品《安东尼与克莉奥佩特拉》进行比较，来看他是如何贯彻这些原则的。这是一个非常有趣的比较，因为这两部剧虽在手法上截然相反，但所涉及的主题却有不少神奇的相似之处。两者都讲述一对处于光辉和权力巅峰的恋人；悲剧都是因爱情的需求和世界的需求之间不可调和的矛盾而造成的；故事都发生在伟大的罗马时代，庞大帝国的事务与个人命运交织在一起。莎士比亚的戏剧，自不必多说。也许，没有哪部剧比这部更能完美彰显这位世界天才的丰富思想。这部剧包罗万象，涵盖了人类生命的种种活动。人们在细细翻阅这本书之后，不禁会问："在整个生命中，在世界的一切经历中，有什么是在这本奇书里找不到的？"这种宏大的效果，首先得益于剧中有形形色色的人物，有各种阶层和职业的人——有将军和侍女，有公主和海盗，有外交官和农民，有太监和皇帝，还有上百个其他角色；当然，这之中还有塑造得最完美的，极其复杂的克莉奥佩特拉。不过，若无丰富多彩的事件与之相应，也不可能呈现出如此纷繁的人物形象。在这部悲剧中，一连串的事件接连发生——战争、阴谋、婚姻、离婚、背叛、和解、死亡。复杂的剧情涉及很大的时间跨度和空间跨度。场景不断切换，从亚历山大港到罗马，从雅典到墨西拿，从庞贝的战船到亚克兴平原。一些批评家对这频繁的切换感到不解，当莎士比亚向我们展示一支正在穿越叙利亚的罗马军队时，在这短暂的一幕中，他们只看到了这肆无忌惮地违反了地点统一的原则，但他们不明白，正是通过这些笔触，莎士比亚才成功地在我们心中塑造出世界动荡、帝国倾塌的观感。

97

说回《贝蕾妮丝》，它呈现出一种奇特的对比。整部悲剧发生在一个小前厅里，情节的时间跨度几乎不超过实际演出时间——大约两个半小时，角色只有三个。剧情可用苏维托尼乌斯的这句话概括："提图斯约见女王贝蕾妮丝。"拉辛斗胆用这个题材写悲剧，看似不可思议；更不可思议的是，他竟然成功了。这部剧一直扣人心弦，简单的情节以精湛的艺术呈现、展开、终结，没有遗漏任何关键之处，也没有加入任何无关紧要之言。拉辛刻意避免任何过激之举、对比或复杂性，他完全靠个人情感的相互作用来促成结果。他的戏剧几乎，但并不完全地排除了来自外界的负担和压力，而这点在莎士比亚的杰作中却起着十分重要的作用。拉辛试图暗示，在这个与世隔绝的小房间里，在个人危机的背后，外界的负担和压力确实存在，因为这正是迫使恋人分开的力量——政府和国家的残酷要求。在关键时刻，提图斯终于不得不做出至关重要的选择，在他犹豫不决时，有一个词——"罗马"，主宰、征服了他的灵魂。拉辛从悠长洪亮的《安东尼与克莉奥佩特拉》中，提取出了自己的精华版本，并凝聚成一个单音节。

虽说将拉辛悲剧和莎士比亚悲剧的地位并列实属荒谬，但我们不能因此忽视它的非凡价值。从戏剧演出来看，英国戏剧的确已被法国戏剧超越。《贝蕾妮丝》依旧能成功上演，而《安东尼和克莉奥佩特拉》呢？在舞台上它不可能受到公正对待，它必须被肢解、重新编排、萃取，最终，它充其量只会让观众产生一种错乱的辉煌印象。这是怎样将一夸脱的量装进一品脱瓶子里的老难题。但《贝蕾妮丝》正是一品脱，不多也不少，恰与瓶子完美契合。观看这部剧的演出是一种少有的赏心乐事，它给人的感觉完美无瑕；当观众离场时，会被深深感动，并且会刷新对于艺术能力的认知。

宗旨的单一性是法国古典戏剧，特别是拉辛戏剧的主要特征，这种单一性不仅表现在情节和装饰品上，而且体现在整部作品的基调上。其实，在戏剧中，基调的统一比其他统一更重要。为了 *100* 达到基调的统一，拉辛及其流派避免了伊丽莎白时代热衷的强烈对比和肢体动作。拉辛厌恶将悲喜剧混杂，不是因为作品本身不好，而是因为这势必会破坏基调的统一；同理，他也更倾向于不直接向观众展示最激动、不安的故事情节，而是通过描述间接展示。那么，很明显，以此法创作的剧作家最大的风险是枯燥。基调统一是好事，但最好避免调子沉闷乏味。可惜，拉辛古典悲剧的继承者们并没有意识到这个真理，他们不懂得如何不靠情绪变化而维持吸引力的高深技巧，因此他们的作品如今几乎难以卒读。事实是，拉辛看起来轻而易举地完成了这项艰巨的任务，而他们被表象迷惑。他们心满意足地继承了拉辛的风格，却忘了他们没有继承他的才华。

拉辛还成功克服了另一个困难，这对他的后继者们同样也是 *101*

致命的。到目前为止，我们一直在讨论古典悲剧的纯戏剧方面，但我们不能忽视戏剧的文字性。拉辛面临的问题很棘手，他的写作不仅受到严格戏剧体系的限制，还受到语言的限制。他的词汇量非常少——这绝对是一个大诗人所能运用的最少词汇量。更何况，他的诗歌系统受到了成千上万种传统约束的羁绊，各种人为制定的规则束缚了他的灵感，如果他想要展翅翱翔，必须戴着镣铐。然而，即使如此，拉辛还是成功了，他做到了凌空飞翔，尽管一开始英国读者很难相信。拉辛的戏剧方法也是同样的情况。在这两者之中，英国读者寻求多样性、出人意表和精雕细琢；而他们找到的却是与之相反的简洁、清晰和从容自如，他们往往只能从中看到枯燥和平淡。拉辛之诗和莎士比亚之诗的不同，就像

102 平原上徐徐流淌的河水比之于汹涌的山间湍流。对山上的居民来说，这条平缓的河流乍一看似乎并不起眼。但静水流深，这句谚语用来形容拉辛的诗特别贴切。平凡的语言，简单的结构，还有什么比这更令人钦佩？表面上，的确很不起眼，但如果潜入水下，就会发现它其实深不见底，蕴含着独特的力量。拉辛实际上是一位力道遒劲的作家，但他运用的是一种单刀直入的力量。他使用最普通的词汇，近乎口语的措辞，但是每个字每句话都直奔主题，给人留下不可磨灭的印象。在英国文学中，鲜有这种作品。当一位英国诗人想要表现强大的笔力时，总是千篇一律地追求声

势浩大，出人意表，或者标新立异；他会找寻新奇的比喻和别出心裁的结构，用闻所未闻的神秘和想象给人以惊喜。然而，即使在英国文学作品中，也有拉辛式的反例。例如，在华兹华斯的诗中——

> 繁星满布的夜空多么沉静，
> 他在荒凉的山丘上安眠。

103

没有强烈的吸引力，一切都平淡无奇，没有怪异之处，只有直接、无法抗拒的美，这就是拉辛不断塑造的效果。如果他想表现海边夜晚的空旷、黑暗和诡异的寂静，他不会用奇怪的比喻或堆砌复杂的细节，而是用普通、寻常的寥寥数语——

> 然一切都已入睡，军队，风，还有海王星。

如果他想唤起人们心中对噩梦的恐惧，一句话足矣——

> 那是在一个恐怖的深夜。

以同样简单的手法，他的文笔可以描绘出美妙、无瑕的纯真之美——

阳光也不比我内心深处更明净。

104　以及不伦之爱的怒火——

这简直是维纳斯在玩弄她掌中的猎物。

但是诗歌色彩在引用时消失了，尤其是拉辛的句子，极其依赖于其戏剧环境和营造的氛围。若想充分欣赏之，必须深入、长久地置身其中，然后，便会如获至宝。尽管他的风格严肃、陌生，尽管他的词汇量有限，尽管他的韵律古旧，表达形式千篇一律、单调，尽管如此种种（在拉辛的魔力下，人们几乎倾向于认为正因为如此），读者还是能从中发现新的美和光辉——一种微妙、永恒的优雅。

但是，当我们考虑到拉辛既是伟大的诗人，也是伟大的心理学家时，他作为作家的非凡才能就更加突显了。这种结合在文学中极为罕见，而在拉辛身上尤其突出，因为他所掌握的语言资源*105*　十分贫乏，而且他的创作所遵循的原则也十分苛刻。他将寥若晨星的平凡词汇，按照最严格、最不自然的规则，排列成押韵的对句形式，为其注入真正的诗歌之美，以及性格和情感中的各种微妙，成为无法分析的艺术奇迹之一。在亚历山大体的韵律流转之中，他的人物脱颖而出，跃然纸上，充满了生命的活力。诚然，这种呈现并不细致：他没有展示人物的偶然性，仅展示了其本质，人类精神赤裸、强烈地呈现在我们面前，褪去了一切特殊性。这种呈现，也许正如所料，不在于拉辛所擅长的理性人物的刻画，而在于感性人物的刻画。他最善于掌控的，是人心——爱情的微妙、深刻、痛苦和胜利。他的情侣肖像画长廊无边无尽，其中最伟大的是女性肖像画，有嫉妒、狠毒的爱妙娜，有娇弱、忧郁的朱尼，有高贵、雅致、迷人的贝蕾妮丝，有性感、冷酷的罗克珊，有纯洁、勇敢的莫妮梅，还有散发着黑暗、耀眼光芒的费德尔。

也许，拉辛在塑造感性角色时的出色鉴赏力，最强烈地表现 *106* 在《安德洛玛克》(*Andromaque*) 这部剧中。剧中的四个角色，两男两女，都处在强烈情感的支配下，而且每个角色的感情都不同。安德洛玛克，赫克托尔的年轻遗孀，在这世上只热切关心两件事——她年幼的儿子阿斯蒂亚纳克斯，以及对丈夫的回忆。母子二人都是皮吕斯的俘虏，他是特洛伊的征服者，一个直率、有骑士风度，但有点蛮横的王子，他虽和爱妙娜有婚约，却深深地爱上了安德洛玛克。爱妙娜是一只美丽的母老虎，被她对皮吕斯的欲望吞噬；俄瑞斯特是一个忧郁、几乎病态的人，他对爱妙娜的感情是支配他生命的原则。这些都是悲剧的原料，随时可能像一点就着的火药一样爆炸。当皮吕斯威胁安德洛玛克，如果不嫁给他就处死她儿子时，火花点燃了。安德洛玛克同意了，但决定在婚后立即秘密自杀，从而既可保障阿斯蒂亚纳克斯的安全，同时

107 也捍卫了赫克托尔妻子的名誉。爱妙娜，出于嫉妒的怒火，声称愿和俄瑞斯特私奔，但有一个条件——他得杀死皮吕斯。俄瑞斯特罔顾荣誉和友谊，同意了；他杀死了皮吕斯，然后回到情人身边领赏。接下来是拉辛写过最激烈的一幕——爱妙娜在悔恨和恐惧的痛苦中，跟她可怜的情人翻脸，谴责他的罪行。她忘记了自己就是始作俑者，问他是谁要他去做这件可怕的事——她尖叫道："是谁跟你说的？"这是让人听过就永不会忘记的，震撼人心的句子之一。她冲出去自杀，这部剧以舞台上发疯的俄瑞斯特而落幕。

　　拉辛二十八岁写下的这部激动人心、富有生命力的戏剧，让他声名鹊起。在接下来的十年间（1667—1677），他创作了一系列杰作，其中最吸引人的大概是以下几部：《贝蕾妮丝》，书中刚犯下罪行的年轻尼禄被描述得绘声绘色；《巴雅泽》（*Bajazet*），一部关于君士坦丁堡宫廷的同时代悲剧；以及基于阿里斯托芬戏剧的诙谐喜剧《讼棍》（*Les Plaideurs*）。拉辛性格复杂，他既才华横溢

108 又刻薄，既是个博学的学者，也是个敏感、感性的诗人。他争强好胜，既和前辈高乃依争吵，也和当初助他成功的朋友莫里哀争

吵；他会用最恶毒的语言，在某些强力、精辟的散文序言和诙谐短诗中宣泄他的厌恶。此外，他还是个兢兢业业的朝臣，而且在众多差事之余，他还有闲暇谈过至少两次激情恋爱。经过两年的努力，他在三十八岁时完成了一部完美展现自己才华的作品——伟大的悲剧《费德尔》（Phèdre）。这部戏剧，在世界文学中，包含了最精致、最美妙、最无与伦比的感情研究之一。作为精湛演技的终极试金石，《费德尔》在法国舞台上的崇高地位堪与英国的《哈姆雷特》相媲美，《费德尔》精彩的人物支撑起整部作品，一幕接着一幕，强度不断上升，"在罪恶之上再激起罪恶"[1]。拉辛在这部剧中，同样倾注了他所有的诗歌力量。他创造了最后一个奇迹，在井然有序的亚历山大诗体中，注入了奇妙的神秘感和难以言状的恐惧，以及厄运的降临。在第四幕，诗句的光辉达到了高潮，当堕落的女王，她的激情、悔恨和绝望达到顶点时，她看见了地狱大开来迎接她，她的父亲弥诺斯[2]在可怕的阴影中分配命中注定的死亡。在这段壮丽的篇章中，崇高诗歌的宏伟想象与戏剧情感的充沛力量完美地融为一体，它的作者足以与索福克勒斯并驾齐驱，屹立于永恒之地。

　　由于一位上流社会女子的阴谋，《费德尔》首演彻底失败了。

109

---

[1] 《奥赛罗》第三幕第三场（梁实秋译，北京：中国广播电视出版社，2001）。

[2] 费德尔之父，冥界死者的判官，专门负责审理灵魂的思想。

拉辛的思想此时发生了巨变。不知到底为何，他升起的一股对感情的厌恶，让他忽然断绝尘世，隐退到宗教冥想的孤独中去，并且放弃了他曾非常成功地实践过的艺术。他此时还不到四十岁，他的才华显然还在增长，然他的伟大事业却已走到了尽头。他在暮年又创作了两部戏剧——《爱丝苔尔》（*Esther*），一部宁静平和的短篇作品，优美动人；以及《阿塔莉》（*Athalie*），这部悲剧丝毫没有显示出他在退隐多年后笔力有所衰退，甚至一些评论家称之为他的最佳之作。他从此不再为舞台创作，八年后去世，享年六十岁。难以想象文学在这二十年的沉寂中蒙受的损失。这期间虽然有十多部悲剧问世，接近甚至超越了《费德尔》的成就。拉辛定然也有所耳闻。人们能从他的神秘苦行中看到幻灭施以的重压，就像一根黑线穿过伟大世纪的文学那光辉灿烂的纹理。拉辛已看透了这个世界的功用，发现它们单调、陈腐、毫无益处；他发现，他在艺术上的成功，也都是世俗的缩影；他在断绝俗念的痛苦里转身离去，迷失在圣徒的幻影中。

这个非凡时代的影响和特点，在另一位大诗人——拉封丹身上表现得最为淋漓尽致。如果拉封丹生活在中世纪，他可能会是一个乞讨的修士，一个圣洁的隐士，或者一个僧人，默默无闻地在他的手稿边缘为鸟兽的图画添上注释。若他生活在 19 世纪，也许他会流连于巴黎的咖啡馆，将他的灵魂写入一两首偶然的抒情诗中，未老而先衰。路易十四时代接纳了这个梦想家，这个无所事事之人，这个不负责任、避世的精神生物，他依靠上流社会的赞助人而生存，最终变成了一个——不仅仅是诗人，因为他天生就是诗人——有史以来最细腻、最深思熟虑、最有耐心的、最敏锐的，用诗体写作的能工巧匠之一。这个过程非常漫长，拉封丹的大部分寓言写于五十多岁，这时他的才华才第一次真正表现出来。同时，这也是一个完整的过程。在法国所有美妙动人的大师级诗歌作品中，《拉封丹寓言》是完美的艺术典范。

　　《寓言》的主要概念基于两种思想的结合——枯燥的《伊索寓言》以及短篇故事。二者之中，最重要的是后者。以前的寓言家，道德是寓言的由头；而对于拉封丹，则恰恰相反。他的寓意只是作为讲述一个趣味小故事的出发点，有时贴上一个传统标签，有时甚至完全略去。此外，将动物作为寓言角色的传统手法，在拉封丹这里另有妙用。这让他得以创造一种新鲜、愉快的气氛，从而可以随心所欲地发挥他的机智、想象力、幽默感和观察力。不管那些不理智的爱好者怎么说，他的动物都不是真正的动物；我们读了这些寓言之后，并不会更理智地认识猫、老鼠、狐狸和狮子的真实本性。并且，它们也不像伊索笔下那样，仅仅是人类属性的伪装。拉封丹的动物们兼有真正的动物本性和人类本性，它们的魅力正是在于这种双重性。它们的外表形象栩栩如生。寥寥

112

几笔，拉封丹就可以勾勒出任意一种他想要刻画的鸟兽虫鱼的形
象——

> 一天，白鹭长嘴连着长长的脖子
>
> 迈着长脚，不知往哪走去。

还有比这更优秀的描述吗？他的寓言里满是这些栩栩如生的
简短描写。但是，当我们深入挖掘时，就会发现里面包含人性的
弱点、愚昧、美德和罪恶。但其实这还不是全部。拉封丹想象出
的动物不仅仅是具有人类思维的动物：它们其实更复杂、更有趣，
它们拥有假使人类变成动物时必然会具备的思维。年少无知的老
鼠向它的母亲描述第一次看到猫时的感受——

> 我相信他一定对老鼠
>
> 非常友善，因为他的耳朵
>
> 和我们的长得差不多。

这个绝妙的推论显然不是老鼠的思维，也不是人类的思维；
有趣的是，这无疑是一个愚昧幼小的人类，在通过某种途径变成
了一只老鼠时会有的思维。

拉封丹正是将他的大多数故事设在了这个变幻莫测、奇幻、缥缈、荒诞有趣的世界里。这些故事大多都很浅显，让它们流传千古的，是故事的讲述方式。在一种纯真、古朴风格的外表下，拉封丹运用了大量的技巧。他是一位韵律大师，他的节奏比同时代作家更宽松、更富于变化，有很强的表现力，但一直隐隐有种张弛有度的形式感。他的词汇量非常丰富，他的词库多是旧词，生动活泼，口语化，接地气，混杂着普通民众的隐语。他特别喜欢起绰号：猫叫拉米纳戈罗比（*Raminagrobis*），或者小病猫（*Grippeminaud*），或者罗迪拉（*Rodilard*），或者猫咪老板（*Maître Mitis*）；老鼠叫"小碎步一族"（*la gent trotte menu*）；胃是加斯特老爷（*Messer Gaster*）；朱庇特叫朱潘（*Jupin*）；拉封丹自己叫肥让（*Gros Jean*）。人们会觉得，这些妙趣横生的故事，仿佛是一个家乡老朋友依偎在炉火旁娓娓道来的，风在烟囱中鸣响，冬天的夜色悄然降临。欢声笑语，一举一动，还有天真无邪，仿佛就在眼前。但这只是一瞬间。要是有人哪怕片刻相信这些精巧的寓言不是假的，那他的确很幼稚（然而，讽刺的是，这个高明老练的作者，他的读者在接触到他的作品时，大多数都还是孩子）。其实，这会让人错过他作品的真正味道。我们知道，有一种艺术是自我掩饰，但还有另一种更鲜为人知的艺术——自我展示，愉快而准确地展示了它是多么精美。而拉封丹的艺术是后者。他就像

114

115

一位手艺娴熟的厨师，虽然他烹调菜肴的真正秘方不为人知，但人们可以尝出这道美味珍馐所用的配料。当我们咽下这稀世佳肴时，可以想象到在幕后调料是怎样一步步添加的——淋上油、醋、橄榄，撒上盐，最后挤上几滴柠檬，在最佳时机，热气腾腾地端上桌，烹得恰到好处。

拉封丹确实是通过无数细小的笔触来塑造效果的。他塑造的效果丰富多彩。显然，他也可以轻松做到或戏谑，或柔和，或严肃，或怪诞，或雄辩，或沉思，或荒谬，但他的作品有一个固定的特点：无论他演奏什么曲调，都从来没有多余的音符。不论是简短的六行故事诗，还是一个个细节紧密相连、发展出复杂场景的精细之作，都没有多余的痕迹，每个词在整体结构中都有其用意。这种品质在他娴熟的迅速总结中最为明显。当故事打下了精心设计的前提基础时，尖锐的批评紧随而来——通常只有一句话。例如，他向我们简短描述了猫和麻雀的友谊，披露了各种细节，他描述当麻雀戏弄猫时——

> 贤明、谨慎的猫老板
>
> 对这些打闹不以为意。

后来第二只麻雀来了，和前一只麻雀吵起来。猫发火了——

邻家的麻雀是来欺负我们家的吗？

不，我以所有猫的名义，参加这场战斗。

猫先生大口咀嚼外来的麻雀，说道：

麻雀可真是美味可口！

117

故事以这样一句话结尾——

他不禁想吃掉另一只。

再举一个拉封丹言简意赅的例子。当贝特朗猴吃了拉顿猫从火中取出的栗子后，这两位朋友就被打断了，寓言如此结尾——

一个女仆进来："滚，你们！"

猫心里老大不高兴。

"滚，你们！"这是多么简洁、多么轻松！用三个字巧妙精准地描绘出了动物们瞬间逃窜的场景。读者仿佛可以看到它们的尾巴在拐角处甩动。

欣赏拉封丹的现代人，倾向于给他的形象蒙上一层情感的面

118 纱，把他描绘成一个欣慰、幸福的大自然的孩子，被冷漠的时代放逐，落寞地与沉默的野兽世界为伍。然这种观念与事实相去万里。拉封丹和莫里哀一样不感情用事，但这并不意味着他无情：他有着微妙而深刻的感情，但这些感情从来没有控制他，让他失去理智。他的哲学——如果我们可以把他空灵的思想称之为哲学的话——是一种温和、异想天开的伊壁鸠鲁派哲学。他热爱自然，但是这种爱平淡无奇，就像他喜爱一杯酒、一首贺拉斯的颂歌，或其他生活中美好的事物一样。至于丑恶的事情，固然存在；他看在眼中——他看到了狼的残忍、狮子的暴虐、人类的贪婪，他看到了——

> 朱庇特将世间动物分成两桌；
>
> 机灵、警惕、强壮的坐第一张桌；
>
> 弱小的坐第二张桌，
>
> 吃前者剩下的食物。

然而，他却可以笑对之。最好能笑对，带着惋惜；最好能轻松、灵动、愉快地度过内在和外在的生命，这才是最要紧的事；因为生命短暂，短如他的这首寓言诗——

我们之中谁可享受 119

蓝色苍穹的光辉？何时

能让您享有片刻的安宁？

　　这个时代的散文和诗歌一样辉煌。波舒哀所处的时期，秩序井然，清醒，气势恢宏，清楚地折射出其文学理想，如拉辛的对句。然而，可惜，波舒哀的形式虽华丽、完美，令现代读者欣赏不已，然其内容多半乏味、陈旧。事实上，波舒哀完全属于自己的时代，对后人而言没有重大意义。他悠扬的声音能流进我们的耳朵，却流不进我们的内心。这位诚实、高尚、勤劳的主教，以他的尊严和热情，他的能言善辩和对世界的认知，代表了路易十四宫廷最优秀、最严肃的一面。当时的普通人，一定都思考过波舒哀所思考的大多数问题，虽然不如波舒哀那么细致、专注，而且波舒哀从未在布道坛上说过一句超出普通教众思想认知的话。他将自己的时代尽收眼底，但他的视野无法超越这个时代。因此，120 尽管他很聪慧，但他对世界的认识十分有限。他只认可路易十四统治下的秩序；余者，皆是混乱、异端、撒旦之作。如果他多写些关于生命的不变真理，他会有更多的作品经久不衰。然而，他虽天生是个艺术家，他的职业却是神学家；波舒哀的风格也难逃两百年前神学论战的浸淫。这个缺点也损害了他对待历史的方法。

他的《世界史讲话》（*Histoire Universelle*）线条粗犷、宽泛，含有一些锋利的思想，但此书的主要概念属于神学范畴——通过历史事件阐述世界上的神权统治；这种历史概念现已经绝迹，此书也就沦为了一件精雕细刻的古玩奇珍。

就散文而言，波舒哀是位一流的散文大师。他的风格宽广、宏大、明亮，他的作品大部分以其克制的力量而非藻饰著称。然而，这位艺术家的热忱，通过井然有序的文字，不时散发出夺目的光彩。波舒哀在《关于福音书的思考》（*Méditations sur l'Évangile*）或《奥义的高度》（*Elévations sur les Mystères*）中，展开了对《圣经》的讲述，思考了他信仰的宗教之奥义，其语言呈现出诗歌的色彩，展开了坚硬的翅膀在崇高的想象中翱翔。在他著名的《诔词》（*Oraisons Funèbres*）中，充分表现出他艺术的恢宏气势。死亡、生命、上帝的威严、人类荣耀之短暂，他用管风琴般的声音阐述这些主题，不禁让英国读者想起了与他同时代的最伟大的英国作家弥尔顿。这些华丽、汹涌、高亢的句子连绵不绝，庄严肃穆，在雄辞闳辩的支撑、控制和激发下，向前奔流。

啊！不幸的一夜！可怕的一夜！噩耗忽如一声惊雷般传来：夫人生命垂危，夫人殁了！

华丽的语言像一股熔化的、炽热的岩浆般流出，随后永远凝固成坚不可摧的美。

我们已经了解到，法国古典主义的一个主要特点是紧凑。拉 *122*
辛的悲剧紧密地交织在一起，就像一个没有丝毫赘肉的敏捷裸跑者；拉封丹寓言是浓缩的精华。散文也有同样的倾向，并且更为显著。拉罗什富科和拉布吕耶尔，他们一个处于古典主义时期之始，另一个处于其末，二人都践行了极简艺术，并大获成功。德·拉罗什富科公爵是第一位洞悉法语具备警句表达能力的法国作家，而且，他一针见血的警句之巧妙精确，没有任何一位后世作家能居于其上。他那本小小的《箴言录》（*Maximes*）包含约五百个互相独立的句子，打磨得像宝石一样，闪耀着内在的光辉，让人百看不厌。这本书是他多年的心血，小巧玲珑却涵盖了其一生的观察。虽然这些思考没有正式关联，但有种共同的精神贯穿其中。"虚荣！一切都是虚荣！"这就是拉罗什富科的主张的永恒 *123*
重担，但这种虚荣，不是传教士的普遍意识，而是普通个人意识中空虚的自我主义和极度的自私自利，在这位愤世嫉俗的道德家眼中，这是人类精神的终极本质，也是世界的秘密源泉。这无疑被夸大了，但是，只有当一个人亲身感受到拉罗什富科锋利的智慧之箭时，才能欣赏到他观点的力量。在翻阅他的书时，这些语句让人有强烈的代入感，有时几乎让人羞愧难当，因为意识到这些事情残酷、羞耻，而且真实。"我们每个人都有足够的力量去承担别人的不幸。""我们有时自以为厌恶奉承，实际上只是厌恶奉承的方式。""拒绝别人的赞扬是为了被赞扬两次。""那些最猛烈的激情有时会放过我们一阵子，而虚荣心却总是在挑动我们。"这是消除人类自满的最强溶解剂。

124　　拉罗什富科有别于同时代的大多数作家，他是一个贵族，因而他的作品有一种独特的基调。尽管他花费了巨大精力来完善他的作品，但很微妙地，一种略带轻蔑的态度始终贯穿全书。他似乎在说："是的，这些句子都很完美。但是，你还想要什么呢？如果一个人写不出完美的句子，为什么还要费心去写呢？"他认为"君子不怒"，显然，他遵循了自己的格言，他的态度非常客观。尽管他的言谈透露出强烈的个人色彩，但他本人却很客观。在他完美无瑕的手法之下，这位聪明的公爵躲开了我们。当我们向内窥视时，只能看到他的匠心独运和对真理的苦恋。

　　拉布吕耶尔的书中，有着更丰富的艺术和更广阔的人生观。他仍演奏着同样的乐器——诙谐、透彻的警句，但不再是用一根弦演奏。拉布吕耶尔的风格极为柔和，他的箴言有各种各样的形

125　式，运用了丰富多彩的词汇，修辞艺术炉火纯青。在这些简短的思考中，夹杂着大量的长篇肖像描写或人物研究，有些完全是虚构的，有些则在整体或局部上以当时的名人为原型。在这上面，

他风格的显著特征极其鲜明地展现了出来。从心理学看，这些研究也许没有想象中那么有价值：它们更像是漫画，而不是肖像画，它们记录了人类的习性，而不是人类本身。毋庸置疑的是，它们运用了高超的艺术手法。精湛的语言就像坚硬、精美的希腊宝石——如此坚实而又如此巧妙，如此丰富多彩，却又如此纯净。节奏极其完美，停顿，阐述，逐渐达到高潮，无懈可击的结论，这似乎将表达之美发挥到了最佳的境界。例如，他描述一个沉迷于种植郁金香的怪人——

　　您看他在种花，他在郁金香花丛中，站在一株"孤独"前，拿着花根。他睁大双眼，搓着手，低下身子，靠近观察，这株花从未似今日这般美艳，他不禁心花怒放。他继而走向"东方美人"；接着，去看"遗孀"；他踱至"黄金绒"，然后移步"阿加特"，最后又折回到"孤独"。他停在那儿，疲倦不堪，就这么坐着，连晚餐也忘了。他挑出这花，给她堆土，上油，整株移走，将她植入漂亮的花瓶或花盏中：凝视着她，欣赏着她。他完全欣赏不来上帝和大自然。他寸步不离郁金香的花根，没有上千埃居绝不出手，但到郁金香无人问津而康乃馨走红时，他会白送给人。这个理性的人，有灵魂，有自己的信仰和宗教，他一身疲惫地回到家，饥肠辘辘，却心

126

满意足：因他今天看到了郁金香。

　　他的书以《品性论》(*Les Caractères*) 为题，而副标题"本世纪的风俗"更准确地概括了此书内容。在拉布吕耶尔细致、敏锐的目光下，整个社会在他的书中流动。书中，凡尔赛宫展现在我们面前，不只是外形，更多的是它的精神内涵——它神秘、基础性的本质。而拉布吕耶尔对此的评判是一种尖刻的鄙夷。他的批评比拉罗什富科的更具说服力，因为它具有更广泛、更深厚的基础。他在身边看见的，是传道士眼中的浮华——俗世的空虚、无足轻重、毫无价值。事无巨细，均逃不过他犀利的目光。他的审讯无不囊括，从涂脂抹粉到滥用酷刑，从伪君子的假虔诚到怪人的愚蠢荒谬，从王孙公子的惨无人道到愚者的恶习。他有个段落描写了凡尔赛宫礼堂的弥撒仪式，全体朝臣面朝国王的宝座，背对神的祭坛，这显示出了一种与波舒哀不同，而与 18 世纪的颠覆性批评并无多少不同的精神。然而，拉布吕耶尔不是一个社会改革家，也不是一个政治理论家，他只是一个道德家和观察者。他一眼看出了法国农民的状况——

　　　　一些野兽，有公的和母的，散布在田野上，有的黝黑，有的白皙，同受烈日炙烤，被牢牢拴在他们耕耘的土地上，顽强不屈地犁地。他们发出铰链般的声音，当他们站起身时，露出一张人脸：他们就是人。

他看到了这个可怕的事实，用生花妙笔写了下来，并将其传达出来。他无心为特定社会中的罪恶寻找药方，而意欲揭露潜伏在一切社会中的恶。即使生活在今天，他也能写出一本同样真实、同样忧郁的书。

在悲观主义的黑暗之中，拉布吕耶尔有时酷似斯威夫特，尤其是他以严肃的挖苦讽刺之法处理细节，但他没有这位伟大牧师的那种深恶痛绝。事实上，他的控诉之所以让人印象深刻，很大程度上要归功于他所呈现出的清醒。没有愤怒，没有紧张，没有过分强调，人们在阅读中感受到的是一位公正的法官。而且，人们不仅觉得他是位法官，更是一个人。正是拉布吕耶尔思想中的人性特质赋予了他的书罕见的风味，因此，几个世纪以来，在这些印刷文字中，人们仿佛能听到一位朋友的声音。有时他会忘记自己的忧郁和厌世情绪，以不可思议的深度谈论友谊或爱情。他喃喃道："俊美的容颜，是世间最美的风景；所爱之人的细语，是最柔美的和声。"还有"与所爱之人相守，就已足够；遐想，与他们无话不谈，抑或缄默不语，想着他们，抑或想些杂七杂八的事情，只要他们在身旁，怎样都好"。多么温柔动人的语气，却又

129

多么克制！"迎上那刚受馈赠之人的目光，是多么愉悦。"寥寥数语勾勒出亲切之感，还有什么比这更深厚吗？然而他又一次陷入忧郁之中。甚至爱也终将枯萎，"我们自慰以自愈，心中没有什么能令人一直哭泣或爱恋"。他被生命中的失望击溃，"最期待的永不会降临，即使降临，也不会在令人欣喜若狂的时节和情景"。而生命，究竟为何物？又如何度过？"人只有三件事：出生，活着，死亡；出生时无知无觉，在痛苦中死去，忘记曾活过。"

130

拉布吕耶尔的书，字面上如此鲜明生动，内涵却万分阴郁，是对伟大的路易十四时代的最终总结，甚至可以说是其墓志铭。在他著作的最终版（1694）出版后的几年内，上一代人闪耀开启的时代，进入了灾难、耻辱的最后阶段。这位骄傲自大的国王，他的政治野心彻底破灭。天才的马尔伯勒[1]消灭了法国军队，当和平终于到来时，法国已是满目疮痍。法国不仅精疲力竭，《南特敕令》的废除更是让它元气大伤，在最严峻的情况下，它将最勤劳、独立的人民驱逐出境。贫穷、不满、暴政、狂热主义——这就是路易十四留给国家的遗产。这还不是全部。尽管在他统治的最后几年里，法国文学没有太多名垂青史的价值，但早期的胜果给法国的声誉带来了新的荣光。法语成了整个欧洲的文化语言。

131

---

[1]　即约翰·丘吉尔。

在任何一种文学体例中，法国模式和法国品味都被视为最高权威。伟大卓绝的路易十四可能会觉得奇怪，让他获得最高的声誉，真正名垂青史的，并不是作为荷兰的征服者，也不是作为教会的捍卫者，而是作为拉辛的赞助者和莫里哀的保护人。

第五章　18 世纪

　　法国的 18 世纪始于路易十四，落幕于法国大革命。这个时期是跨越专制与自治、罗马天主教与宗教宽容、古典主义精神与浪漫主义复兴精神之间的桥梁。因此，该时期在法国乃至文明世界的历史上，都具有极其重要的意义。并且，从文学的角度来看，也特别值得研究。思想运动的潮流引发了巨大的政治和社会变革，而这场运动由一众杰出的法国作家兴起，推动，并最终获胜，他们将自己的文学能力服务于所向往的事业。因此，该时期的文学与上世纪形成了鲜明对比。"伟大世纪"的著作没有潜藏目的，仅 仅是作为美和艺术的结晶而存在并永垂不朽，而 18 世纪的作品是宣传性的，带着实际目的鼓动那个时代的人们，其价值并不单纯取决于艺术层面。前者是静态的，而后者是动态的。随着时间推移，这一趋势不断加深，整个时代的文学呈现出一波三折的戏剧性倾向，起初改革的力量很微弱，然而集腋成裘，最终积累成压倒性的力量，大获全胜。在纯文学领域，18 世纪的作家的确硕果累累，但他们最杰出、最独特的成果在于思想领域。

这场运动在路易十四逝世前就已拉开帷幕。曾令拉布吕耶尔不寒而栗的邪恶，吸引了更现实之人的目光。其中最突出的是康布雷大主教费奈隆，他以动人、清晰的优雅风格，书写远大的政治思想。在一些著作中，其中包括著名的《忒勒马科斯历险记》*134*（*Télémaque*）——一本为启迪年轻的法国王位继承人勃艮第公爵[1]而写的书，费奈隆反映了对政府僵化的专制独裁日益强烈的反对，阐明了君主只应为人民的利益而存在的革命理念。勃艮第公爵听从了导师温和、仁慈、开明的观念，若他不是过早撒手人寰，有可能会实施一系列明智的改革，也许就能避免该世纪末的大动乱。但在一个关键点上，费奈隆的想法偏离了法国思想在此后八十年内的发展轨迹。尽管他是宗教宽容的最初倡导者之一，然他本人是一个狂热的，甚至信奉神秘主义的罗马天主教徒。新时代的主要特征之一是怀疑主义——崇尚世俗，反对社会中的宗教成分，不信奉任何形式的神秘主义。在路易十四统治期间，这种精神已经现出端倪。早在 1687 年——《南特赦令》[2] 废除不到一年——高乃依的侄子丰特奈尔在《神谕史》（*Histoire des Oracles*）中，

---

[1] 路易十四长孙。

[2] 法国国王亨利四世颁布的一条赦令，承认了胡格诺教徒的信仰自由，是世界近代史上第一份有关宗教宽容的赦令。

就打着揭露古希腊、罗马人轻信宗教的旗号，抨击基督教的神迹 135
基石。这本小书风格明快，博学多闻，暗中讽刺对正统宗教的信
仰，率先采用了后世才广泛流行的辩论法。然 17 世纪末有一部更
重要的著作问世——培尔的词典[1]，在词典中，大量知识涌入众多
不同的学科，最彻底的宗教怀疑论被明确强调并不断重申。这本
书非常笨重，涉及面甚广，忽东忽西，缺乏格调，但它影响深远；
在 18 世纪漫长的战斗中，它是一个武器库，为当时的作家提供了
无数利器。

　　然而，直到太阳王去世几年后，才诞生了一本从各个角度
完整阐释新精神的著作。在孟德斯鸠的《波斯人信札》（*Lettres
Persanes*）（1721 年出版）中，可以窥见 18 世纪法国思想全貌的
萌芽。这本有趣的旷世奇书构思并不新颖：设想一群东方游客来 136
到巴黎，并写信给波斯同胞们描述在法国首都生活的基本情况。
然孟德斯鸠是借他人之酒杯来浇自己心中之块垒，此书是他深度
攻击整个路易十四政府体系的根据地。宫廷腐败，贵族特权，财
政管理混乱，旧专制制度的愚昧、野蛮，他不断地引导读者关注
这些问题。但他的所为远不只如此，他的批判不仅独到，而且具
有普遍性，他指出了一切专制独裁必然会导致严重的后果，并阐

---

[1]　指《历史批评词典》（*Dictionnaire historique et critique*）。

述了他心目中优秀的政体。这一切探讨皆出于纯粹的世俗精神。他以局外人的角度看待宗教，他将宗教视为一种行政机制，而非内在的精神力量。至于各种宗教狂热和褊狭，他对其恨之入骨。

有人可能会认为，既然该书具有如此独到且意义深远的理论，*137* 必然是一本严肃、沉重的书，深奥难懂，读起来会很辛苦。然而事实恰恰相反。孟德斯鸠将严肃的理念写进了一个风趣的故事，书中满是警句，巧妙地影射时事，充满富于传奇色彩的冒险，以及东方的异国风光。孟德斯鸠虽是地方法官，但他敢于深入思考各种值得质疑的礼节，并给整本书披上一层桃色阴谋的面纱。这些都是刚刚到来的新时代文学的典型特征。古典作家严肃、正经的语调消失无踪，取而代之的是轻快、平淡、简洁的文风，少许轻松的放纵之言常能平添机智之感。造成这一变化的原因之一是社会中心从精美、壮丽的凡尔赛宫转移到了氛围更私密的巴黎沙龙。随着老国王的去世，礼仪性的宫廷生活成为了历史，时代精神以自由、解脱的姿态飞向玩世不恭。但还有另一层原因。虽然看似矛盾，但正是因为新一代作家严肃认真，他们才会任意妄为。*138* 他们的远大目标是作品被尽可能多的读者阅览，他们不再满足于文学鉴赏家的旧圈子，渴望将信念传播给更广泛的群众，传播给聪明好学且越来越强大的巴黎人民。面对这样的受众而能获得成功的书，必须能在晚餐和歌剧的间隙中，人们坐在沙发上闲谈时，迅速、轻快地流传，能为风流逸事、谈笑风生提供素材。恰如中世纪的弄臣，18 世纪的哲学家们发现，恶作剧和谐谑是传达真理的最佳方式。

直到 18 世纪中叶，孟德斯鸠都是法国思想的领军人物。他的第二本书《罗马盛衰原因论》(*Considérations sur la Grandeur et la Décadence des Romains*)是一部才华横溢的作品，用极其巧妙、精辟的文笔，表达了一系列或风趣或深刻的历史反思。书中，孟德斯鸠为历史解开了直至波舒哀那个年代也未能挣脱的中世纪镣铐，从纯粹世俗的观念来看待历史进程，认为这是自然发展的结果。但他最伟大的著作是《论法的精神》(*L'Esprit des Lois*)(1748 年出版)，这是他耗时最长的书，也是最终令他享有盛名的作品。这本名著所讨论的已不属于文学范畴，而是政治思想史。可以说，孟德斯鸠的所有品质都非常典型地呈现在了此书之中——善于概括归纳，不带偏见，推崇理性，热爱自由，厌恶宗教狂热，文风犀利，多有警句。也许该书的最大缺陷就是写得太好了。杜德芳夫人说书名应为《论诸法律的精神》(*De l'Esprit sur les Lois*)，她正指出了其弱点所在。孟德斯鸠的概括大胆、独到、细致，但可惜，往往不稳妥。那些难以解释之物有如筛中之水，从他简洁的语句中遗漏了。他对英国政权架构的处理即是如此。孟德斯鸠是最早意识到英国政府机构的重要性并研究其性质

139

的外国人之一，却未能准确描述它。他相信，这是他最得意的理
140　论——政府三权分立（司法权、立法权和行政权）产生正面影响
的典型例子，但他错了。在英国，其实立法权和行政权是相互交
织的。这个特殊错误产生了一段有趣的历史。孟德斯鸠的盛名让
他对英国政权架构的观点被广泛认为是真的，因此，美国领导人
在独立战争后采纳了该观点，其影响在美国现行政权形式中显而
易见。这就是好文章对世事的神奇影响！

　　几乎在《波斯人信札》出版的同时，巴黎出现了一位将来
名声注定会远在孟德斯鸠之上的年轻人。这位年轻人叫弗朗索
瓦·阿鲁埃，他被世人记住的名字是——伏尔泰。然而，有趣的
是，最初给伏尔泰带来名声的作品，现在几乎完全被遗忘了。伏
尔泰是以诗人，特别是悲剧诗人的身份而声名鹊起的；在他生命
的头六十年（1694—1754）间，他基本上一直被当时的人们视为
141　诗人。但现如今，他的诗作（至少绝大部分）已被束之高阁，而
他的悲剧除了一次偶然重演，也已不再上演。伏尔泰的剧作家身
份被遗忘的原因也正是他在当时大获成功的原因。他的目的不是
创作伟大的戏剧，而是取悦观众：他的确取悦了当时的观众；然
而，他自然也就未能取悦后人。他的戏剧是情节剧——一个聪明
人的情节剧，他精通语言，深谙舞台效果，熟知怎样的环境和情
感才能打动巴黎群众。特别是他对悲情心理的刻画尤为出色。伏

尔泰对人性刻板的模仿足以与拉辛的深度刻画并驾齐驱，这听起来荒唐至极；然而确有其事，伏尔泰曾被赞誉能与这位前辈打成平手，甚至可能还略胜一筹。整个 18 世纪都缺乏心理洞察力。

他的剧本台词比人物刻画更糟糕。台词有时极具修辞性，但却绝非诗体。同样，在仰慕伏尔泰的法国人眼中，民族史诗《亨利亚特》（*La Henriade*）给予了他远高于弥尔顿和但丁的地位，少说也得与维吉尔和荷马平起平坐。这部晦涩难懂的作品显示出他真正的才华根本不在于诗歌，而在于历史。该书所附带的笔记和论文表明，伏尔泰掌握了历史方法论的原理。几年后，基于原创研究，他更加娴熟地运用了这些原理，精彩描述了卡尔十二世的生平。

伏尔泰在早年的创作中，似乎一直在有意无意地试图探索并展现他才华的本质特征。他的才华到底何在？他的本质是剧作家、史诗作家，还是打油诗人，又或者是历史学家，甚至是小说家？在每个方面，他都有所成就，却都不算登峰造极。因为，其实他的本质皆不在于此，这些都没有展现出他真正的精神内涵。答案的揭晓，源于一次意外。他在而立之年，因与一位权贵发生口角，被迫离开法国，到英国定居。旅英三年对他的生活产生了巨大影响。那时，法国人对英国知之甚少，两国人民在长期战争中产生的隔阂才刚刚开始被打破。伏尔泰到达时，几乎是本着探索精神。

142

143

他的所见所闻令他感到非常诧异、钦佩。在英国，生活的方方面面，都焕发着在法国明显缺失的光彩。这里富有，繁荣，人民幸福，贵族阶层有教养，管理温和公正，文学、商业、政治、科学思想等各方面都蓬勃发展。创造了这番景象的国家，限制了君主制的权力，废除了祭司制度，树立了新闻自由，反对各种偏见和狭隘思想，并通过自由机构管理国家。可以推断，在法国，同样的措施也会带来同样的结果。当伏尔泰获准归国时，他在《哲学通信》（*Lettres Philosophiques*）中发表了他观察和思考的结果，书中，他的才华首次得到本质性的展现。伏尔泰在书中描述了他从社会而非政治角度所看到的英国。他用真实、详细、生动、多元化的笔触描写了英国人的生活；他向我们展现了贵格会教徒、议员、商人和哲学家；他带我们参加艾萨克·牛顿爵士的葬礼；他带我们观看《尤利乌斯·恺撒》（*Julius Cæsar*）[1] 的上演；他为我们解释接种疫苗；他和我们详细讨论英国文学和科学，讨论博林布鲁克 [2] 的设想和洛克的理论。这些信至今仍值得一读，既赏心悦目又能获得启发。它们文笔舒畅，充满幽默和机智，处处流露出非凡的叙述能力，诙谐、讽刺和常识相互交错贯穿其中。它们是出自天才之手的新闻报道，但又不只如此。它们蕴含着崇高

[1] 莎士比亚戏剧，Cæsar 应为 Caesar 之误。

[2] 指第一代博林布鲁克子爵亨利·圣约翰（Henry St. John, 1st Viscount Bolingbroke）。

的目的，以及对人性和真理的至爱。法国当局很快就意识到了这一点，他们发现书中每页都包含着对其政府体系的尖锐控诉，于是他们采取了惯用伎俩。这本书严禁在全法国境内出售，一旦被发现就会被刽子手付之一炬。

以孟德斯鸠和伏尔泰为主要代表的新观念在公众中的传播是 *145* 缓慢的，该世纪上半叶，许多作家都尚未接受这些观念。而这两位作家不约而同地跳出了当时思想运动的圈子，值得世人另眼相看。

拉辛的衣钵本该由伏尔泰来继承，却并没有，而是落到了马里沃手里。但这份遗产在传承过程中无疑有所削减。马里沃既不是伟大的悲剧作家，也不是诗人，他的创作范围要小得多，而且使用的素材也更浅易近人。但他是一个真正的剧作家，一个细腻的心理学家，一个纯粹的艺术家。他的喜剧亦遵循拉辛悲剧的章法，都采用了严密的对称布局，给人以统一、优雅之感，但更轻盈、更灵动、更梦幻，就像给拉辛蒙上了一层月光。马里沃的所有戏剧都发生在他创造的世界里——一个奇妙地融合了想象与现 *146* 实的世界。粗略看去，只能看见俗套的想象，围绕着荒诞不经的场景和古怪、欢快的角色展开，只要一拉近现实，就会瞬间灰飞烟灭。但是，若马里沃除想象力丰富之外便乏善可陈，那他的成就将不值一提，他的过人之处在于对真实心理的敏锐直觉。他的戏剧类似于华托的画作，尽管基调缥缈虚幻，却能产生很好的效

果，这是源于对现实生活细致入微的观察和深刻的感受。他笔下
的角色，就像华托画中的人物，似乎并非现实中人，而是经过艺
术提炼后的现实之精华——从最细致、精美、迷人的人类精神中
萃取的芳香。他笔下的阿拉曼特、西尔维娅、吕希多，涤净了生
活的污秽；他们的思想和心灵卓尔不凡；他们的谈话犹如鸟儿空
灵的清啭，又蕴含着玄学家的深奥精微。《爱情与偶然的游戏》
（*Le Jeu de l'Amour et du Hasard*）也许是他最完美的作品。书中，
贵族小姐和她的侍女互换了身份，而她的情人也和仆人互换了身
份，在这不可思议的复杂对称结构中，整个情节自发运转。这本
小书之美在于以极其精湛的艺术手法，刻画了在欺骗、误解、困
惑、解释的过程中，各种因素相互作用，人物各有想法，从而引
发的一连串荒谬的小转折。当西尔维娅终于意识到自己恋爱了，
并知道自己爱的是谁时，没有哪一幕能比这里更精细地表现出对
人性中最迷人的品质温柔而富于鉴识力的辨别。"啊！我心里看得
很明白！"她在最后感叹道。这句话也可作为马里沃艺术的梗概。
然不论他的想象和计谋如何错综复杂，他也从未迷失真心。

用伏尔泰的话来说，马里沃"在轻若游丝的天平上也称不出
任何重量"，而有一位作家则在另一个重量级别，他书写着人类笔
下最有力、最真实、最伟大的作品之一。圣西蒙公爵在路易十四
晚年和随后的摄政期，于繁忙的宫廷中度过了青年和壮年，他的

晚年时光用来编纂《回忆录》(*Mémoires*)。[1] 这部杰作在很多方面
与大多数法国文学形成了鲜明的对比，因而自成一家，没有任何其
他作品能达到与之比肩的出色成就，因为它出自一位天才的业余文
学家之手，这在法国极其罕见。圣西蒙远非职业文人，若他得知自
己被称作文人，会无比震惊；确实，正经说来，他唯一的职业是公
爵。不论如何，在他自己眼中，他是以公爵，或者更准确地说是以
公爵及重臣的身份而生活、行动并存在于世间的。他忙碌的一生正
是围绕着公爵身份展开的，正是由于公爵的身份意识支配着他的思
想，他才在退休时坐下来写回忆录。这样一个人在这种情况下写的
书，可能不会有什么价值，也不会有什么趣味。幸而，书的价值并
不取决于作者是否开明。圣西蒙不是一个非常理智之人，他用中世
纪的观念看待社会结构，荒谬地相信细致的阶级分化十分重要，他
对爵位的痴迷几乎达到了狂热的程度。不过他的性情热烈奔放，又
兼有明察秋毫的观察力，这两点足以令他的书不朽。

　　这部著作除了其内在价值之外，还有一大优势——它所涉及
的年代本就十分令人感兴趣，也特别适合作家大展身手。假如圣
西蒙活在另一个时代，他的回忆录无疑也会可圈可点，却无法达
到这般令人叹为观止的境地。他能处于可以充分发挥其卓越才能

149

---

[1]　Duc de Saint-Simon，并非 19 世纪初那位空想社会主义者圣西门。

的境遇上实乃大幸：古往今来，从未有哪个年代有如此多值得观察之处；古往今来，也从未出过一位如此神奇的观察者。在路易十四的最后几年，在凡尔赛宫，圣西蒙作为一个时时刻刻都在现场的观察者，目睹了法国所积聚的一切能量，他用生花妙笔将他之所见展现在我们眼前。一页页连续不断的书卷展开了一幅巨大的全景图，壮丽，震撼，栩栩如生。拉布吕耶尔以道德家发自灵魂的审视所看到的事物，以其原汁原味的色彩、细节、强度和狂热，撞进了圣西蒙的视野。他不做评论，不进行反思——若有，也只会荒谬不经；他只去观察，去感受。因此，尽管他见解的深度远在拉布吕耶尔之下，他的人物刻画却远在拉布吕耶尔之上。他那不计其数的人物肖像在文坛上很难被超越。这些人物跃然纸上，活灵活现——独特、真实、完整，并且和人性一样多姿多彩。他擅长人物的外貌特征描写，这是最难的一门艺术，不仅能调动读者想象其外表细节，而且能更进一步想象其言行举止，因此，当他形容完一个人后，读者会感觉仿佛此人就在眼前。但他的出众之处并不止于此。他在人物内心上倾注了大量心血——蛰伏在目光后的灵魂，举手投足间所透露的意图和情感，或是被一句话出卖的真实想法。这种描述带来的快感一下子就感染了读者，然而读者不久就会发现，圣西蒙已迷失在追逐的狂热之中，最终，他在自我兴奋和盛怒的驱使下捕获到颤抖的猎物。尽管圣西蒙确实并非总是怀着满腔怒火，他对勃艮第公爵夫人和孔蒂亲王的精彩描写就足以为证，但无疑他的恨多于爱，在他的人物刻画中，他描写所厌恶之人会更加得心应手。一双仁慈的手将描写对象解剖；然后，罪证如万千溪流般汩汩涌出；接着，画师的笔刷将深处的阴暗面涂抹得更黑，让不堪入目的畸形更加凸显；最后，以轻蔑和怒火开场的著作，最终以厌恶、恐惧、怜悯、讥笑收场。尽管他手法毒辣，但他的肖像画从不至于低俗成漫画。他最恶毒的夸张描写也带着浓烈的现实色彩，有一股令人信服的力量。当他按照自己的喜好塑造出可怕的形象时——旺多姆、诺瓦耶、蓬查特兰、贝里公爵夫人，以及上百位其他角色——他从未忘记恶狠狠地补上最后一刀，并向他们的鼻孔里吹进生命的气息。 *152*

圣西蒙的刻画能力并不仅限于客观的肖像描写，还表现在描绘熙熙攘攘、细致复杂的场景上。他极擅长于动态描写；他能让排山倒海的人群涌动，各自归位，继而又分散开来；他能营造出人们在共同动机的驱使下集结成群的场面，狂热的浪潮一圈圈扩大，杂糅着好奇和猜疑、恐惧和希望。他一丝不苟地描述着场景里的每一个细节，通过戏剧化处理实物布景来增强感情高潮的表现力。如是，读者对当时的凡尔赛宫一清二楚，就仿佛曾住在这宫里；他们熟悉这里的巍峨广殿、高轩长廊；他们知道如何通往国王的寝殿，或者在神秘的曼特农夫人门前等候；他们记得哪个亲王的房间有朝向橘园敞开的露台，哪个豪族搬进了侧翼新房。

153 此外，圣西蒙还擅长于用寥寥数语展现奇特的私人场景，而这似乎正揭示了一个地方的灵魂。圣西蒙带领读者更深入地了解这座华丽的宫殿，感受它的脉搏——在夜深人静之时，一扇门忽然打开，在一条没有灯光的走廊里，傲慢的达尔古公爵在一片火把的光辉中走出，突如其来，又迅速地消失在神秘的黑暗之中！又或者，在凛冽刺骨、大雪纷飞的数九寒冬，信使们带着噩耗和死亡名单从战场飞奔而至，朝臣们不禁变得脸色苍白！

圣西蒙的文风一如其为人处世之风，最是多姿多彩、鲜活生动。这位作家毫不在乎犯了多少语病——不管句子有多混乱，语法有多错误，表达有多牵强或粗鄙——他只管将脑海中激情澎湃的景象用白纸黑字写出来。因而其作品在法国文学中独树一帜。

154 假使圣西蒙试图本着学术正确的原则写作，即使他做到了，也会毁了他的书。幸而，他丝毫不在乎学术正确，而只在乎是否如实描绘出了他的所见所闻。他敢于使用当时评论家们都避之不及的俗语，这些俗语活泼、有趣，大大增强了他的表现力。他的作品还特别善于比喻；只要意思得当，不吝胡乱塞进各种术语；结构上的起承转合如天马行空。在描述费奈隆和居伊昂夫人[1]之间的

---

[1]　Jeane-Marie de la Motte Guyon，1648—1717，奥秘神学家、著作家。

微妙精神共鸣时，他亮出一句隽永之言——"他们的高贵合二为一"，其语言之凝练、独特、生动，倒像是英国伊丽莎白时期的作家，而非 18 世纪的法国作家。他句子间的承转尤其有特色。从句连着从句，意象堆叠意象，字词一簇簇接踵而至，直到句子结构在激情的燃烧下融化，在千变万化之中，尽可能地重塑成最佳形态。他的书就像热带雨林——茂密，迷离扑朔，广袤无垠——树枝上有快乐无比的嘤嘤啼鸟，同时芜杂的草丛中潜伏着邪恶无比的怪兽。

155

　　对比同时代作家的影响，圣西蒙仿佛是活在中世纪或月球上。当伏尔泰的大名在欧洲如雷贯耳之时，他偶然提到圣西蒙，称他是个耍笔杆子的无名小卒，还拼错了他的名字。然集此般才华、此般孤傲于一身之人是个特例，且着实日渐卓绝、日渐稀少。至此，这场始于该世纪初的运动进入了一个新阶段。这种变化始于 18 世纪 50—60 年代：一方面，在路易十五无能政府的统治下，旧体制的劣根性被无限延续；另一方面，在孟德斯鸠和伏尔泰影响下成长起来的一代人，已经心智成熟。一大批热切、积极、坚定的新作家，在群众中爆发，决心揭露并竭力遏制现存体制的最大弊端。从这时起，直到议会不再纸上谈兵，而是付诸实际行动，改革运动一直主导着法国文学，且在发展过程中愈演愈烈，最终其分量和形态足以引爆一场有组织的大规模战役。

156

新一代作家们被称为"启蒙思想家",他们的思想可以用两个词来概括:理性和人性。他们继承了文艺复兴时期在欧洲兴起的伟大精神,正是怀着这种精神,哥伦布扬帆去探寻新大陆,哥白尼发现了地球运转的规律,路德将他的主张钉在了威登堡教堂的大门上。他们希望用知识和真理的光芒驱散那团由偏见、迷信、无知和愚昧凝结成的黑雾,驱动社会力量造福全人类。他们发现法国政府无能,金融体系既无用又不公正,司法程序残酷野蛮,宗教盲目排除异己;他们发现人民的生活处处被暴政、阶级特权和腐败渗透;他们发现,造成这些深重罪恶的原因,更多是出于蠢而非恶,更多是出于长久以来根植于统治原则中的狭隘思想和灭绝人性,而非国王或大臣们蓄意作恶。因此,他们的鸿鹄大志是通过写作使整个民族精神发生翻天覆地的改变。他们推敲政治改革的进程、国家机器的实施细节,却很少研究政治和机构本身。其中有些人,如著名的杜尔哥,认为达到理想改良的最佳方案是建立一个实行仁慈专政的机构;另一些人,如卢梭,则认为是建立一个精心设计的、先验的理想政府体系。但这些都是个例,大多数启蒙思想家完全无视政治本身。这是一件巨大的憾事,但这也是历史必然。英国政府的有利改革实行起来非常高效且相对轻松,这些变革是由身居要职之人发起的;而在法国,身居要职之人只是独裁机构的工具,根本爱莫能助,改革是由游离在政府体

157

制之外的文学家所发起的。改革只能从外部兴起，而非内部。这 　158
样的改革就意味着革命。不过，这也未尝不是一件好事。英国的
改革，基本上是在零零碎碎、盲目、藏头藏尾的精神下完成的；
而法国的变革，是最广泛地诉诸根本原则的结果，是无论如何也
要试图解决社会根本问题的结果，是对人类职责和命运的崇高而
全面的认识的结果。这成果得归功于启蒙思想家。他们的传播范
围非常广，不仅传遍了法国境内，还遍及整个文明世界；他们对
最重要的课题进行了广泛的研究探索，提出了大量理论，他们唤
醒了新激情，提出了新理想。他们在以下两个方面的影响尤为深
远。他们坚决捍卫观念自由的权利，捍卫思想自由的无上必要性，
他们挣脱正统信仰和传统观念的束缚，让科学精神成为人类的共
同财富，这种精神对现代文明产生了巨大的影响，而我们才刚开
始理解其重要性。而且，主要多亏他们的努力，以人为本的精神　159
在世界范围内深入人心。正是他们无情地揭露了法国司法制度的
弊端——肆意监禁，滥用残忍酷刑，行使令人深恶痛绝的中世纪
刑法——最终将对一切暴行和不公的痛恨灌输进民意；正是他们
谴责了可怕的奴隶贸易；正是他们不断哀叹战争的罪恶。就他们
思想的实质而言，他们并非伟大的创始者。他们最有成就的理论，
主要源自英国思想家；当他们试图提出自己的思想时，虽大胆而
巧妙，但不免流于粗浅。某些科学，例如政治经济学和心理学，

他们虽然开辟了道路，但并没有取得长远的成就。他们的缺陷和孟德斯鸠的《论法的精神》相同。他们对纯粹理性的推崇，太依赖于迅速找到解决难题的论证，而忽略了细心研究论证行之有效的前提。他们太过于迷恋体系，迷恋构造精巧的逻辑理论，一切都可与之完美契合——除了事实。此外，18世纪普遍缺乏对内心深处的洞察，这削弱了他们的同情心；尤其是，他们没有意识到宗教心理和神秘主义心理的美和意义。这些缺陷最终对他们的学说产生了阻碍，并一度遮盖了他们作品的真正价值。因为这种价值并不在于宣扬某些确切的学说，而是在于更远大、更深层的地方。启蒙思想家的可贵之处不在于他们给出的答案，而在于他们提出的问题；他们真正的创举不在于思想，而在于精神。他们是首批面向普罗大众的伟大作家。也有前人的思想比他们更严密、更深邃，但他们是最先将思想之光照亮全世界之人，他们不是为了博得学者、专家的青眼，而是为了惠及普通男女老幼，他们宣扬文明之光是全人类的遗产。重中之重是，他们为人类思想灌输了新的精神——希望。他们真诚地相信人性本善，相信在未来美好的事物必会取得最终胜利。虽然他们的同情心所涵盖的方面有限，但他们对人性的热爱深刻而真诚，因而生出无限热情。他们不信仰教条，对人类充满了信心。孔多塞侯爵在被恐惧支配的黑暗日子里，在一离开就迎来死亡的藏身之处 [1] 写下了《人类精神进步史表纲要》，这正是对他们精神的诠释。书的最后一章预言理性终将取胜，人类终将臻于完美。

《百科全书》（*Encyclopédie*）的编纂给了启蒙思想家释放能量的中心和舞台，它的出版历时三十年（1751—1780）。这部巨著涵盖了对政治、科学、艺术、哲学、商业等各个领域人类活动的研究，其宗旨是以永恒、凝练的形式记录文明的发展。不少作家都为这本书做出了贡献，他们有着不同的价值观和想法，但都有着对理性和人性的信仰。这沓浩繁的卷帙不是文学巨作，其意义在于促进了思想的进步，极大推动了新精神的传播。尽管这本书体量巨大，但非常成功，一版再版，对知识和思考的渴望由此渗透到社会的各个阶层。这些影响并不囿于法国，承载着启蒙思想家学说的法国文学和法国作风传遍了整个欧洲，英明的君王和大臣如普鲁士的腓特烈、俄国的叶卡捷琳娜、葡萄牙的庞巴尔，都迫不及待地卷入了这股汹涌的潮流之中。启蒙之光照亮了全世界。

162

《百科全书》的问世有赖于狄德罗的才华、精力和热忱。他是时代精神最典型的体现。的确，相较于其他所有启蒙思想家而言，他更优秀、更好学、更富于怀疑精神、更豁达、更充满希望、更

---

[1] 孔多塞因反对雅各宾派通过激进宪法，遭议会下令逮捕，他因而隐藏了九个月。他离开藏匿之所不久后即被捕，并死在狱中。

人道。是他发起了《百科全书》的编纂，他与达朗贝尔一起编辑，

163 最终并凭一己之力，排除万难——三十年来被政府封禁，资金匮乏，逃亡，惨遭背叛，厄运连连——完成了将这部巨著出版的艰巨任务。这是他毕生的心血，这部书的性质让人对它难以经久不忘，人们记忆中只留下一大摞被束之高阁的书卷。但狄德罗旺盛的精神并不满足于此。在耕耘这部足以令常人精疲力竭的巨著之余，他还有闲暇持之以恒地进行各种文学形式的创作——戏剧、艺术批评、哲学散文、浩如烟海的书信，但这些都是私底下的创作，没有出版的念头，其中有两三部杰作足可留名青史。这些作品中，最重要的是《拉谟的侄儿》（*Le Neveu de Rameau*），书中，狄德罗的灵魂在清晰、遒劲、闪闪发光的精美散文中奔涌。这本绝妙的小书，单就其活力而言，无人能超越。它深深吸引着读者，不亚于跌宕起伏的传奇，或说书先生的故事。诚然，这部作品轻松、活泼、色彩鲜明，节奏明快，若不是因其形式之严谨令人叹

164 为观止，简直堪称一本印刷出来的对话。此前从未有哪种风格将生命的律动与艺术的宁静融合得如此天衣无缝。每一言都热血沸腾，每一语都优美动人。这本书必是一挥而就，毫不费劲，几乎是随手拈来；构思出该书的是一位大文豪，在他沉醉于纵笔挥毫之时，出乎本能地游刃有余。在满纸闪烁着思想之光的璀璨星河下，可以看到狄德罗坚定、温暖、宽厚的本性，奠基、支撑着一

切。这就是此书的主旨所在，这本书貌似涵盖了所有主题——从
音乐的起源到宇宙的意义；他将中心人物——古怪、诙谐的流浪
汉拉谟，写得如此与众不同，其实也只不过是狄德罗吹响的一支
多音芦苇。在他的法国同胞中，他在精神和风格上最接近默东神
甫[1]。拉伯雷的嗓音中颤动着浓厚、热烈、醉人的声调。狄德罗没 165
有完全继承拉伯雷，也没有人能再拥有拉伯雷般的才赋，但他具
有某些拉伯雷的广度，并且放大了拉伯雷的乐观主义。他的纯粹
唯物主义——他不相信神或永生——没有使他沮丧，反而似乎给
他的精神注入了新的活力；在他看来，他这一生就好像只是为了
让生命的价值翻倍。他的热诚激发了他的仁慈之心——一颗永不
停歇的、跳动的善心，这是拉伯雷不具有的。毕竟，他属于自己
的年代，他是一个既善于思考，又善于写作，有喜怒哀乐的人。
也许，他没有拉伯雷伟大，但他与我们更亲近。当他浓墨重彩的
人生篇章进入尾页时，他留给我们的最后印象是——一个我们不
得不爱的人。

　　除了狄德罗，启蒙思想家的队伍还有很多名人，有聪明杰出
的数学家达朗贝尔，有严肃高贵的政治家杜尔哥，有心理学家孔
狄亚克，有轻松风趣的马蒙泰尔，有深刻锐利却命运多舛的孔多 166

---

[1]　指拉伯雷，他曾在法国默东地区做神甫。

塞。爱尔维修和霍尔巴赫毅然投身于伦理学和形而上学；在他们之后不久，布封基于研究，通过《博物史》中的探索，扩展了纯科学的领域。年复一年，这支作家队伍不断壮大，他们越来越愤世嫉俗地向无知和偏见宣战。这的确是一场战争。一方是智力军团，另一方是根深蒂固、势力强大的麻木大众。面对启蒙思想家点起的熊熊烈火——辩论、嘲讽、知识、智慧，国家和教会当局以更猛烈的炮火回击——审查、镇压、监禁、流放。巴黎几乎没有哪位杰出的作家不熟悉巴黎古监狱或巴士底狱里面的情况。因此，自然而然，这场斗争必会成为一场激烈的恶战，在斗争中，以憎恨狂热主义为口号的一方，有时自己也会陷入狂热之中。不过，显然反击势力正在逐渐丧失阵地：他们只能勉强支撑，他们失去了对公众舆论的控制。于是，这些作家的奋斗似乎即将取得成功。但胜利不是靠他们孤军奋战取得的。在斗争中，他们获得了一名强大助手的支援，他全力以赴地投身战斗，他虽远离中心战场，却是最高统帅。

167

他就是伏尔泰。这位伟人此时已进入他惊天伟业的最后阶段，也是最重要的阶段。有趣的是，如果伏尔泰在六十岁时去世，他在人们记忆中只会是一位才华横溢的作家，有一二作品能反映他的开明和聪明才智，但也是一位在他的时代被严重过誉的诗人和剧作家。在一个大多数人准备安享晚年的年纪，他却进入了事业的关键期。不只如此，由于一次偶然的机遇，他生命的跨度远超出常人；他一生中成就最高、最重要的时期虽开始得晚，但延续了二十五年（1754—1778）。他事业最后阶段的开启，和他旅居英国的宿命一样，都出于意外。在《哲学通信》（*Lettres Philosophiques*）出版后，他几乎没有为书中的愿景去奋斗。他退休住进了夏特莱夫人的乡间别墅，投身于科学、戏剧创作以及一部世界史的编写。他的名声越来越如雷贯耳，正是在这些年里，他创作了最受欢迎的悲剧——《扎伊尔》《梅罗普》《阿尔齐尔》和《穆罕默德》，那封写给腓特烈大帝的书信，措辞深情款款，更是让他闻名遐迩，但他的内在天赋仍未被发掘。夏特莱夫人终究去世了，伏尔泰迈出了人生中的一大步。应腓特烈之邀，他离开法国，去普鲁士国王的波茨坦宫殿中养老，但他没有待太久。这两位出类拔萃的欧洲人彼此都很欣赏对方，他们难分难舍，但也难以相安无事。一两年后，他们之间终究爆发了争执。伏尔泰逃离了普鲁士，在逃走前，他留给了世界一个妙趣横生的智力游戏——著名的《御医阿卡基亚的抨击》。短暂徘徊之后，他定居在日内瓦湖附近。几年后，他搬进了费尔内城堡，这成了他此后的固定住所。

伏尔泰此时已是花甲之年。他的地位令人羡慕。他享有盛名，积累了一大笔财富，这不仅让他可以完全独立，也令他可以作为

168

169

一方权贵在自己广袤阔绰的领地上生活。他在费尔内的住宅位于法国边境，不受政府干涉，同时距离首都也不远。因此，他终于有机会大展身手。他的才能的确非同一般。他的个性奇妙地杂糅了人性中一切最矛盾的因素，一切美德和恶习他都兼而有之。他最是自高自负，又最是大公无私；他贪得无厌，又慷慨大方；他*170* 狡诈、顽劣、轻浮，同时又能与人作金石之交，与人施大恩大德，但他又不苟言笑，心怀最崇高的热忱。大自然甚至将这些矛盾赋予了他的形体。他的健康状况差到了极点，似乎一辈子都在坟墓边缘徘徊，然而他的活力大概世上无人能超越。的确，他有一个始终如一的特征：他总是精力充沛，有着永无止境的活力；可以肯定地说，不管怎样，他都从未有过片刻的休息。他身形瘦长，姿势别扭，脸如骷髅一般，灵活的五官扭曲出一成不变的笑容，锐利的眼睛炯炯有神，就像是一具死尸的躯体被注入了强大的生命力。但其实，这具奇特的躯壳里，住的不是鬼魂，而是一个大活人凶猛而强大的灵魂。

他将要采取的创作形式已经有了征兆。在普鲁士居住时，他完成了史学著作《风俗论》(*Essai sur les Mœurs*)，此书简要回顾了人类的发展历程，以一幅路易十四时代的精彩剪影结尾。这部*171* 作品有许多独具匠心之处。这是第一本试图从宏观视角来描述文明进步史的著作，书中有对伟大东方民族的思考，更多涉及的是艺术和科学的发展，而非政治和战争。这本书的主要价值在于，它实质上是一本披着历史外衣的宣传册。它是对波舒哀《世界史讲话》的驳斥。《世界史讲话》认为世界历史是上帝旨意的一部分——上帝的精心设计的逐渐展开。伏尔泰却持不同观点。他和孟德斯鸠一样，认为历史只受自然因素作用，但也不尽然；他认为，有一股力量——宗教信仰——自古以来就一直阻碍着人类的进步。因此，他的书虽比波舒哀的更优秀、更现代，但也同样带着偏见。这是一本有论点的历史书，而孟德斯鸠的奚落也恰如其分。他说："伏尔泰写历史是为了装潢他的修道院，就像本笃会僧侣一样。"伏尔泰的"修道院"即是巴黎的哲学流派，而他美化它的意图很快也表现在其他方面。

《风俗论》的叙述非常有趣，但它是一部学识渊博的长篇大作，分成好几卷，是多年研究的成果。伏尔泰从此时起已决意将他的精神提炼成更简明、更通俗的形式。他没有时间做详尽的论述，他必须以更快、更可靠的方式吸引大众。因此，这时大量短小轻薄的小册子开始涌入巴黎，散文、戏剧、诗歌、传奇、书信、短文，这些小册子的形式和范畴千变万化，但都令人爱不释手，都清清楚楚地带着出自费尔内城堡的标记。伏尔泰的独特风格终于找到了可以尽情释放一切魅力、大放异彩的媒介。尖锐、锋利、冷嘲热讽的语句在他的书中欢笑、跳舞，就像小脚丫、尖耳

172

朵的精灵。它们一旦被人的目光捕获，人们就再也无计可施，只能跟随这些小恶魔进入种种危险、未知的区域。当然，这些小册子被禁止发行，但这也无济于事；它们成千上万地被出售，而新货总能找到办法从荷兰或日内瓦偷渡入境。每当有了标新立异的作品，伏尔泰就会写信给所有朋友，向他们保证他对该作品一无所知，这可能是某位英国教士著作的译本，总之，大家一眼就可以看出这不是他的风格。一连串怪诞的笔名让这场闹剧愈演愈烈。啊，不可能！伏尔泰绝不是这本惊世骇俗之书的作者。怎么可能是他？扉页不是清清楚楚写着，作者是屈居封修士，或巴赞神甫的叔叔，或布兰维利耶伯爵，或中国皇帝吗？于是游戏开始了，于是全法国都被逗乐了，于是全法国都争相传阅。

这种轻文学形式是伏尔泰自己创造的。他使对话录臻于完美，这种形式正好适合他，能简明扼要地阐述相反的主张，能诙谐地嘲讽对手，能机智地做出回应。他将最上乘的原料倒进了这个模具中，《布兰维利耶伯爵的晚餐》（*Le Dîner du Comte de Boulainvilliers*）和《里戈莱修士和中国皇帝》（*Frère Rigolet et l'Empereur de la Chine*）等作品中，蕴含了他著作的精髓。《哲学辞典》（*Dictionnaire Philosophique*）也同样效果显著，同样有个性，书中收入了大量短篇杂文，按字母顺序排列。在这个项目中，伏尔泰在选题和处理手法上完全自由，当灵感涌现时，他可以纵笔写下一页讽刺、推测、批评或插科打诨，而这种随心所欲正合他意。因此，这本最初作为袖珍字典的书，在他生前已经长达六卷。他在一封信中称之为"轻巧的小恶魔"，清楚表明他对这本倒霉东西不负任何责任。谁知这里没有引用希伯来语？谁又能指责他懂希伯来语呢？

这些文章的主题多种多样。至少表面上，绝不局限于有争议的话题。其中有成功的悲剧作品，有批评，有历史散文，有通俗的短篇小说，还有社交诗（vers de société）。不过，不管怎样，零星的碎片终究会拼凑在一起呈现出本来面貌。不论他如何伪装，伏尔泰实质上都是在为他的"修道院"而写作，他会抓住一切机会，推动推翻旧体制的伟大运动。他的攻击面很广。金融体系的弊端、司法部门的缺陷、毫无裨益的贸易限制，以及上百个类似问题，他用轻快、尖锐、狂妄、冷酷无情的语言，滔滔不绝地谈论。但有个话题他反复提起，对其进行最残酷的挖苦，其实，这也贯穿了他的所有著作。"除恶务尽！"是他终生的宣言，而他欲除之而后快的"臭名昭著之物"就是宗教。在不少人看来，义愤填膺地攻击宗教，是他不可磨灭的污点，但他在这件事上的立场，其性质往往被误解，有待更多考察。

伏尔泰是一个彻底的无宗教信仰者。在这点上，他跟随了时代主流，但他可能比同时代人都要更进一步。因为，他不仅没有

175

纯粹的宗教和神秘主义信仰，也无感于一切朦胧、忧伤、情绪化的精神状态，而最高形式的诗歌、音乐和艺术正是从其中诞生，

176

并且大自然之美赋予了它们感人至深的力量。伏尔泰不能理解它们，甚至没有觉察到它们。对他来说，事实上，它们并不存在；他认为，它们能真切而深刻地对人产生影响，这种观念非常荒唐，没必要讨论。这无疑是他最大的缺点——精神上极大的局限。这让他不少作品有了瑕疵，更糟糕的是，这也掩盖了他作品的真正本质和价值。因为，一方面他无法理解某些人性中最崇高之处，另一方面他又具有其他重要品质，远远弥补了这些缺陷。若他对某些真理视而不见，就会洞悉另一些真理；若他在某些方面的感知萎缩，那他在另一些方面的感知就会异常敏感。有鉴于此，也就容易理解他对宗教的态度了。一切宗教的最高要素——热情投入，自我陶醉，与神交流的意识——这些他都忽视了。但在他那

177

个时代，宗教有他敏锐的洞察力无法忽视的一面。狂热主义精神仍在法国阴魂不散，激发了圣巴托洛缪大屠杀，并导致了《南特赦令》的废除。生活的每个角落都受其影响，充满了偏见、痛苦和纷争，在司法上的影响尤为恶劣。伏尔泰在费尔内之时，就发生了一些令人瞩目的事件。一位名叫卡拉的年轻新教教徒在图卢兹自杀，地方法官出于盲目的狂热，将他无辜的父亲判为凶手，并处以车裂之刑。不久之后，另一名新教教徒西尔旺也受到类似

判决，但他逃到了费尔内。几年后，两名十七岁的青少年在阿布维尔因开了亵渎神灵的玩笑而被判犯罪。他们两个都被判拔掉舌头并斩首，其中一个逃走，另一个被处死。18世纪的法国会发生这种事情似乎不可思议，但它们确实发生了，谁知道还有多少类似的暴行呢？这三件能被曝光出来，都是伏尔泰的功劳。如果没有他的洞察力、勇气和手段，卡拉谋杀案至今都会无人知晓，阿布维尔的残暴事件不出一个月就会被遗忘。不同的人会对不同的刺激做出激烈反应，残酷和不公就像鞭子一样抽打着伏尔泰的神经，让他陷入恐怖的痛苦之中。他决心不达目的不罢休，他不仅要为这些不公正的案件争取到赔偿，而且要永远根除人心中酿成此祸的迷信偏见。出于这个目的，他才如此坚决、猛烈地攻击一切宗教和神权，尤其是罗马天主教的正统教义。他一生最大的目标就是让公众相信这些教义既可笑又可鄙，其结果亦可憎。人们对此褒贬不一，我们的判断亦可以各持己见。但是，无论我们如何看待，都不能认为他是邪恶的，因为毋庸置疑，他所有关于宗教的创作，其基本动机都是为人类谋福祉的强烈渴望。

伏尔泰的哲学观非常奇特。虽然他的体系中完全舍弃了奇迹，但他仍然相信一位神的存在——所有宇宙现象的最高原动力。然而，当他环顾世界时，邪恶和苦难吸引了他的目光，让他触目惊心。许多他同时代人抱有的乐观主义，在他看来是一种肤浅、粗俗、荒诞不经的主张，他创作了他最著名的作品——《老实人》（*Candide*），正是为了表达这一观点。这本书看上去是本最不正经的小说，实则包含了伏尔泰对人生最深刻的思考。有个很明显的事实，一本书若只因其中的智慧和不正当而被经常翻阅，这必是一本极其痛苦、悲伤的书。但有一条金科玉律：伏尔泰写得越轻巧，思想内涵就越沉重，当他最严肃认真的时候，也最嬉皮笑脸。而在《老实人》中，伏尔泰的才华和严肃都达到了顶峰。这本书180陈列了种种悲哀、不幸和堕落，以及各种折磨人的恐惧。在书中，伏尔泰一刻也没有收敛笑容。当灾难接踵而至，不幸纷至沓来，他不仅自己大笑，更让读者捧腹；只有当合上书，心中才会参透其中真谛。然后，这些熠熠生辉的书页开始发挥刻骨铭心的作用，而人类的卑微和痛苦似乎在伏尔泰无情的笑声中达到了新的强度。

但也许，《老实人》最可贵之处在于，它不仅有悲观主义成分，同时也具有积极意义。伏尔泰的常识扼杀了理想，但依旧是常识。他的结束语——"我们应该打理自己的花园"，是哲学家得出的少数实践智慧之一。

在《老实人》中，伏尔泰的风格达到了炉火纯青的地步，不过他所写的一切都很完美。他的散文是这个法国天才最典型特征的最终呈现。如果这个伟大的国度所留下的一切痕迹、一切思想181都从世界上消失了，只要还剩下伏尔泰的只言片语，这些成就的精髓就还在。他的作品将帕斯卡在《致外省人信札》中开创的传统推向了高潮：清澈、朴素、机智——这是此书弥足珍贵的品质。但将这些品质发挥到极端也有其缺点。伏尔泰的风格狭窄，就像一把轻细的双刃剑，两面都是利刃，如此小巧，如此轻盈，再也不可能像帕斯卡的大刀一般横扫千军。若说波舒哀的语句是齐整的行军，那伏尔泰轻快的句点则是足尖旋转的舞步。但这是伏尔泰式的舞步——带着完美舞者的优雅、轻松和爆发力，无可指摘。显然，这带来了一种正面影响。早在狄德罗作品的色彩和激情中就已经可以看出该影响的迹象，但直到 19 世纪才发生了巨变。

伏尔泰风格的光芒最鲜明表现在他的书信上，书信是他作品中数量庞大且十分重要的一部分。他是世上最热衷于写信且乐此不疲之人。他发表的信件超过了一万封，难以想象他实际上还写了多少封，因为大部分幸存的信件都是在他漫长生命的最后三十年间写的。他的书信集是无价之宝，照亮了伏尔泰的事业和性格，反映了那个时代的风度、情操和思想。这皆因伏尔泰的通信遍布欧洲。他在费尔内城堡安顿下来之前就已名声大噪，在这之后又提升到了一个惊人的高度。自从克莱沃的伯纳德在他的修道院里传授教皇和王子之道以来，无人有过这样的影响力。但是，从那以后，历史的车轮又转了整整一圈！中世纪的对立面站着一个怪老头，他贵族般地在日内瓦湖边隐居，与女皇们交往密切，受到

182

183 政治家和哲学家的尊敬，纵横于各种文学体裁，嘲笑教会一文不值。随着时间的推移，伏尔泰那惊人的创作不断积累。对知识的兴趣似乎无法满足他，他经营起了商业公司，开发起了他的庄园，在费尔内建立了一个成功的钟表匠作业区。他每天都长时间伏案写作，不停地在他的网里编织短文、信件、悲剧和滑稽剧。晚上，他慷慨地尽地主之谊，用舞会和晚餐招待街坊四邻，并在他私人剧院的舞台上参演自己写的悲剧。然后，他就会陷入真正的狂热，把自己关在房间里好几天，耗空一切精力构思语惊四座的对白，或是为《哲学辞典》撰写隐晦渎神的文章。最终，他羸弱的身躯筋疲力尽，奄奄一息，随时都会一命呜呼；然而翌日早晨，他会像往常一样精神抖擞地起身，指挥人收割庄稼。

某日，他突然出现在巴黎，这个他已阔别近三十年的城市。他的到来预示着世上将迎来一场空前的盛况。他在首都风靡一时，

184 他引人瞩目，光彩照人，是文明世界毋庸置疑的主宰。每当他出现在法兰西剧院的包厢里，观看他最新一出悲剧上演时，就会引起轰动，全场都会起立迎接他。他的胜利不仅仅是一个羸弱老者的个人胜利，更是人类一切崇高理想的胜利。但那几周的疲劳和兴奋，让八十四岁仍盛极一时的伏尔泰也难以消受。过量的阿片酊给这位大自然的造物画上了句号，伟大的生灵终于得以安息。

18 世纪后半叶的法国文学具有鲜明的个性。预想之中，一个

同时产生了狄德罗和伏尔泰的时代，将很难再出一颗同样闪耀的明星。但让－雅克·卢梭出现了，他在某些方面甚至比这两位同时代人更杰出。卢梭的独特之处在于他的原创性。伏尔泰和狄德罗都没有很高程度的原创性。事实上，伏尔泰的独到之处，在于 *185* 他可以凭借广博的常识，清楚地看穿别人所看不穿的，在别人缩手缩脚的地方，他敢于放手一搏，但是他所有思想赖以建立的基石，正是支撑当时普通人平凡思想的那同一块。狄德罗是一个更大胆、更有开拓精神的思想家，但是，尽管他是时代的领头羊，他始终身在其中；他的原创只不过是对他所接触到的思想的拓展，尽管拓展的程度往往非常大。卢梭的原创性远不止于此。他既不代表也不引领他的时代，而是反对之。他的世界观是真正革命性质的。在他看来，同时代人忙于向社会宣传的改革不仅无用且有害，只不过是在修补一座永远不适合居住的大厦。他认为必须统统重新开始。他是一个有重大价值的人物，因为在不止一个层面上，他是对的。必须重新开始，新世界将从旧世界中诞生，通过各种途径，让卢梭的想象成为现实。他是一个先知，拥有先知的 *186* 灵异感知，也是他祖国的耻辱。

但是，灵感和耻辱不是先知的唯一特征：通常，他们在传递预言的同时也会感到非常困惑。卢梭也不例外。在他的著作中，他要表达的真正含义似乎只显露了一半，显然，他自己从来没有真正意识到他思想背后的根本观念。因此，人们可以轻而易举地把他的作品批得体无完肤，并有十足的把握证明它充满了舛误、矛盾和荒谬。我们可以轻易指出《社会契约论》(*Contrat Social*) 是糟糕的诡辩，奚落《新爱洛伊丝》(*La Nouvelle Héloïse*) 情感生硬、道德扭曲，卢梭的主张和他的行为形成了尖锐对比，《忏悔录》(*Confessions*) 中揭露他是一个热爱独立却从未能自力更生的人，一个倡导平等的势利之人，一个把自己的孩子遗弃到孤儿院的教育家。这一切都是他习以为常的事，无疑会一而再，再而三地故技重施，但这无关紧要。不论有多少批评他的人，他都产生了广泛而深刻的影响，并仍将影响后人。他身上有些东西超出了他们的尺度。灵魂是难以衡量的！

187

的确不容易，因为当我们审视卢梭最基本的主张时——至少他本人最重点强调的主张——也会发现其中谬误百出。卢梭一直主张回归大自然。他宣称，人类所遭受的一切大奸大恶都是文明的产物，理想的人类是原始人——未开化的印第安人，他们天真、纯洁、勇敢，朴素地崇拜宇宙的创造者，遵循大自然的旨意，和谐地度过一生。即使无望达到如此卓越的高度，也至少要尽量向它靠拢。非但不应跟随启蒙思想家们推进文明事业，反而应试着忘记自己是文明人，试着回归自然。这是卢梭学说的负担，它建立在对事实彻底的误解之上。高贵的印第安人是个神话。我们对原始人的了解越深入，就越能肯定，这非但不是卢梭想象中的理想生物，反而是身不由己的野蛮人，他们既受制于赤裸裸的生存必需品，又受制于复杂、丑恶的迷信体系。大自然既不简单也不美好，所有的历史都表明，人类对大自然的掌控，即文明，是创造一切真正有价值的事物的必要条件。因此，在这点上，启蒙思想家们是正确的，若卢梭幻想的"黄金时代"在人类历史中占有一席之地，那它的位置必然不是在开端，而是在结尾。 *188*

但卢梭根本不在乎任何历史理论的真实性。他只是因为憎恶当下，才把过去理想化。他的原始"黄金时代"是一个逃避 18 世纪现实世界的、幻想中的世外桃源。在这个世界中，他痛恨和谴责的，其实不是文明本身，而是文明的因袭性——限制人类精神自由发挥的枷锁在文明生活中因袭。当他凝视装满了才华、哲学、智慧和文化的巴黎会客厅时，内心涌起一股怪异的反抗情绪，不同于错误的历史理论，或有缺陷的逻辑系统，或刻薄的嫉妒、病态的自傲，它的源头更为深邃。这些无疑都进入了他的感知，因为卢梭远非完人。但它们最深层的根源在于——他对个人灵魂重要性和崇高性的本能直觉、掌控和感悟。卢梭的伟大原创性正是在于这种认知。他的反抗是精神上的反抗。中世纪，人们意识到了人类精神的重大意义，但却不可避免地卷入了神学迷信之中。而 18 世纪实现了关于世俗社会制度的伟大理念，但忽视了人的精 *189*

神性质，人类被简单地定义为一个有序社会群体中的理性动物。卢梭是第一个将这两种观念结合起来的人，他复兴了中世纪关于灵魂的理论，去除了其神学羁绊，他相信——虽然可能是无意识地，但他对此深信不疑——栖息在地球上，盘踞在身体中的个人灵魂，是这个世界上最重要的东西。

190 毋庸置疑，即使没有卢梭，这种信念也会通过其他途径在欧洲兴起，但卢梭为它蒙上了天才的光辉，通过激扬的文字，把它深深播种在了人们心中。他产生了两方面的重大影响。他关于个人尊严和个人权利的精彩观念，不是针对少数特权阶层，而是针对全人类，它抓住了法国的想象力，为政治变革运动提供了新的强劲动力，对大革命的发展产生了深刻的影响。而在文学中，以及在文学中找到出口的现实生活情感里，卢梭的精神影响最为显著。

18 世纪常被草率地形容为一个没有情感的时代。试问，还有什么比蒲柏的诗更冷漠，比伏尔泰的嘲讽更缺乏真情实感？但这种观念非常肤浅，持这种观念的人往往对他们要谴责的作品只有匆匆一瞥。从表面上看，蒲柏的双韵体看起来的确冰冷、机械，

191 但如果我们深入观察，就会发现，这些看似单调的诗句，承载着人心中最汹涌澎湃的强烈厌恶和仇恨之情。至于伏尔泰，从他的警句和讥讽中推断他缺乏情感是愚蠢之举，就像一根白色的热钢

条，因为它不红就推断它没有温度。这种批评是站不住脚的，单从法国文学来看，一个诞生了伏尔泰、狄德罗和圣西蒙的时代，不能称之为情感匮乏的时代。不过，显然那个时代的情感和当代的确存在某种区别。区别不在于情感本身，而是当时的人和我们对待情感的态度不同。18 世纪的人有感情，而且感情充沛，但他们几乎不自知，不会对感情加以思索。若有人要伏尔泰准确地分析自己的感受，他会回答说他还有别的事要思考；正儿八经地关注纯粹感受，在他看来荒谬至极。当圣西蒙坐下来写他的《回忆录》时，在他描述的一切非常私人的事情中，他从来没有想过要剖析自己内心的感受。他对自己的私生活只字未提，他提到过一次妻子，但这却让他觉得不齿：一位绅士、一位公爵，若沉湎于此还怎么保持尊严？但是，对我们来说，正是这些构成了人格的支点、灵魂的指针。一个人的情感就是一个人本身，文学中一切最崇高、最深远的东西都自然而然地以情感为中心聚集。杰出的小说家是一个能够洞察并描述他人情感的人，伟大的诗人是一个能够将自己的情感美化并将其吐露给世界的人。当代人开始重视自我反省，这是在 18 世纪闻所未闻的，直到卢梭最重要、最具代表性的作品《忏悔录》问世，才掀起了文学和情感上的浪潮，并影响至今。《忏悔录》是一个灵魂详尽、私密的完整历程。它以最个人的视角描述了卢梭的一生，从头到尾，没有任何掩饰和隐瞒。

它有高超的艺术技巧。卢梭的风格和他的为人一样，预示着未来：

193 他的人生比同时代的人更从容、更广袤、更善言辞；他的语句不是那么炽热、激动，尽管他可以诙谐风趣，但他从不轻浮，在完美无瑕的节奏中，留存着最真挚的个人感情。他有强大的表达能力，以及感知最微妙的感受和情绪的天赋。他异常敏感——一个天性自傲、腼腆之人的敏感，对纷纷扰扰的世界无动于衷。《忏悔录》确实有不好的一面。卢梭和大多数探险家一样，沉迷于自己的发现，他把自省之法演绎到了极致；在他看来，个人神圣不可侵犯不仅美化了性情和性格上最细微的个性，而且在某种程度上，也为恶做了辩护。因此，他书中有拜伦式自我主义的萌芽，且之后风靡了整个欧洲。从某些方面来看，这也是一本病态的书。卢梭总想掩饰什么，他的缺点让他心烦意乱，当他准备知无不言地

194 详细叙述这些缺点时，一想到别人对他指手画脚，他都会感到痛苦、愤怒，在他垂暮之年，这渐渐把他逼疯。因此，对于严格的道德主义者和高品位的纯粹主义者来说，《忏悔录》令人难以接受。更宽容的读者则会在字里行间发现一种精神，尽管它有种种缺陷、错误、弊端，但它值得比同情更深层次的情感——爱。总之，这种精神和当代人的精神是类似的。它穿过遥远、尖锐、热切、没有诗情画意、不注重心灵的 18 世纪，用熟悉的腔调向我们诉说着内心的沉思、忧伤的回忆、捉摸不定的性情、忧郁的心情，

以及如梦似幻的快乐。似乎，卢梭是他那个时代唯一想独处的人。他懂得这种乐趣，懂得沉默的魅力，懂得美梦的动人。他也懂得大自然的美妙启迪，他最优美的文字莫过于描写大自然对孤独的人类灵魂潜移默化的影响。他懂得单纯，小幸福的魅力，平凡爱情的甜蜜，村女的美丽容貌。这是个奇怪的悖论：怎么竟然是《忏悔录》中那个病态的、饱受折磨的、半疯半狂的自我主义者，来引导我们领悟精神的美妙、纯朴的快乐？ *195*

　　这个悖论对于卢梭的同时代人来说实在匪夷所思。他们无法理解他。他的作品大受欢迎；他进入了巴黎最上层的交际圈；他与最显赫一时的人物交往；接着是误解、指责、争吵，最后酿成了一场灾难。卢梭从社会上消失了，据他所说，他遭到朋友们的背信弃义而被驱除；而他的朋友们却说，这归根于他自己的嫉妒和病态的猜疑。他们争吵的每一个点似乎都是他的朋友们占理，其中不乏像狄德罗和休谟这样伟大而诚实的人，但也很明显，他们太急于指责、强调一个贫穷、不幸、癫狂之人的缺陷。但这也很难说是他们的错，因为在他们眼里，卢梭似乎是一条疯狗——不值得同情的社会害虫。他们没有，也无法意识到，在众目共睹的卑鄙和狂热之下，藏着一颗诗人和先知的灵魂。这个可怜人在瑞士、德国、英国徘徊了很长一段时间，笼罩在疯狂猜疑的阴影下，陷得越来越深。最后他回到了法国，承受多年痛苦后，在阴 *196*

暗和绝望中结束了自己的生命。

卢梭和伏尔泰都卒于 1778 年，距大革命开始不足十年。旧体制的最后十年，似乎凝聚了过去这一个世纪所有的热情、希望、激动和辉煌。理性和人性最终没有获胜吗？获胜了，至少在精神上获胜了，还有谁没有改变思想呢？此时仅需一个最终的一触即发的转变，将哲学家们的理论付诸行动，将人间变成天堂。新景象不断在狂热者的眼前出现——稀奇古怪的猜想、五花八门的可能性。思想的进步日新月异，昨日最先进的思想家翌日就已经过时。巴黎的一位智者感叹道："伏尔泰非常虔诚，他是个自然神论者。"他的感想道出了一种普遍感受，即无拘无束的精神自由和举国沸腾的迅速发展。正是在这一时期，博马舍创作的杰出喜剧

197 《费加罗的婚礼》（*Le Mariage de Figaro*）震惊了凡尔赛宫和首都的知识界。在这出戏里，对旧制度的呈现，不是黑暗的讽刺，而是将其置于轻浮、欢快、慵懒的闪光灯下——在历史遗留的古老封建特权和社会阶层的背景里，上演着种种阴谋和索然无味的调情，在这个幻境中，只有一个现实的人——费加罗，一个躁动不安、机智聪明的普通男仆，不知从何而来，命中注定无人知晓，但在欢声笑语和花团锦簇之中逐渐浮现出一幅怪诞不安的形象。"伯爵先生，"他终于对他的主人嚷道，"您何德何能值得享有这些特权？——我知道。您只需一出生就有！"这句话中，人们可以

听到断头台的咔嚓声，遥远但非常清晰。但那些快乐的听众却对
此充耳不闻，他们的心思放在了别处。马车在巴黎狭窄的街道上
疾驰而过，载着去赴晚宴的淑女绅士们，他们粉妆玉琢，身着绸
缎，满身珠光宝气，一切都氤氲着玫瑰色彩，如此迷人。琼楼玉
宇之中，宾客们围坐在镀金的精美椅子上，蜡烛、钻石还有他们
的双眸闪闪发光。晚餐时分，侯爵夫人诙谐风趣，伯爵仪表堂堂，　*198*
随后一番新景象开启了一个更快乐的世界，舞会在高谈阔论和香
槟之中永无尽头。

第六章　浪漫主义运动

　　法国大革命就像一枚炸弹，18世纪的每一位自由思想家和作家都曾参与它的制作，当它爆炸时，同时也毁灭了它的制造者。硝烟散去之后，显然，旧制度下的独裁和迫害的确已被永远废除，但启蒙思想家的精神也随之消失了。人们的思想受到了巨大冲击，前两个世纪的传统遭到暴力破坏，尤其是在文学方面，似乎必须重新奠定艺术的基础。在这项任务中，如果人们想要从过去汲取灵感，那他们要找的正是与其父辈迥然相异的时代——远在文艺复兴之前的古代，那个中世纪教会统治欧洲的时代。

　　但是，在进一步审视这些新发展之前，必须先来看一个品性几乎不受环境影响的作家。安德烈·舍尼埃在革命的激流中度过 了他短暂生命中的青葱岁月，在三十二岁时就被斩首，但他最具特色的诗歌仿佛写于某个无人踏足的神秘岛上，丝毫不染人世喧嚣。他是18世纪唯一一位身上彰显着干净、纯粹的诗歌精神的法国诗人。也许正是因为如此，他常常被誉为在他下一代人身上爆发的伟大浪漫主义的先驱，但实际上，这个头衔完全误判了他作品的价值。因为他本质上是一个古典作家，他身上的纯净、克制，以及拿捏精准、造诣高深的艺术手法，曾闪耀在布瓦洛身上，他与拉辛和拉封丹同气相连。他的格律比前人宽松，但比后世的诗人严谨得多；他偶尔偏离严格的古典诗歌规范，但这种偏离完全与他的风格相协调。在他的《牧歌》（*Églogues*）中，他的艺术技巧之美往往达到了炉火纯青的境界，这些短诗达到了宁静、优雅之极致。它们散发出真正古希腊文化的美妙芳香，而并非 18 世纪打油诗人的洛可可式拟古典主义，当人们读到它们时，会交替想起忒奥克里托斯和济慈。和济慈一样，舍尼埃在人们难以期许其成就会达到怎样一种高度之时，生命就戛然而止。他短暂而悲剧性的一生在法国大革命中一闪而过，就像一只可爱的小鸟，突然从黑暗、恐怖的暴风雨中飞出，转瞬折翼，继而被卷入毁灭的深渊。

浪漫主义运动的发展轨迹与舍尼埃的精湛艺术毫无关联。纵观法国文学，有两种主要的创作动力，这两者激发了一切法语巨著。一方面，是积极的求索精神和纯粹理性，它赋予了法国散文独特的性格，它是法国伟大批判力量的根源所在，它孕育了杰出而经久不衰的现实主义——绝对忠实于赤裸真相——它从中世纪早期的寓言故事诗一直延续到当今最新的巴黎小说。另一方面，法国文学中存在着另一种完全不同，甚至完全相反的倾向，但与

201

202

前者同样显著、同样重要——纯粹的修辞倾向。这种对语言本身的痴迷——将语言巧妙排列，极尽修饰之美，扣人心弦，汹涌澎湃，令人沉醉——显现在拉伯雷如疾风骤雨般的句子中，在波舒哀雄浑厚重的史书中，在高乃依充满激情的长篇议论中。在17世纪文学巨匠身上——帕斯卡、拉辛、拉封丹、拉布吕耶尔——这两股激流相碰撞，达到了完美的平衡。在他们的作品中，深刻犀利的现实主义被各种语言艺术手法美化和升华，高度的批判意识洗去了修辞的浮华和夸张，保留了其本质。然而，到了18世纪，情况发生了变化。这是一个批判的时代，一个散文和理性的时代，对修辞的激情逐渐褪去，仅残存于夸张的悲剧和枯燥的诗句中；伏尔泰的风格，熠熠生辉却色彩单调，有很大的局限性却充满理智，这正代表了该世纪的文学风骨。现实主义在伏尔泰尖刻的散文中达到了完美的境界，而浪漫主义运动则是对现实主义的强烈 *203* 反抗，重申了修辞的力量和形式。这并不是为了简单地恢复平衡，也不是为了重现古典主义时代精心设计的尽善尽美。现实主义精神几乎完全被弃置。钟摆从一个极端急剧地摆向另一个极端。

在狄德罗的鲜明色彩中和卢梭的辩论层次中，新运动早已初现端倪。但直到法国大革命之后，19世纪的第一年，浪漫主义精神才在夏多布里昂的散文中展露全貌。夏多布里昂本质上是一位简单、纯粹的修辞学家——这个词最广泛意义上的修辞学家。这不仅仅是因为他的风格瑰丽多姿，富于变化，意象丰富，他的节奏华美，他的刻画力透纸背，还因为他的整个思想层面本身就是修辞性的，他带着浪漫主义的灵感去观察，去感悟，去思考，就如同他写作时一样。基督教、大自然和自我是他作品的三大基本主题，并围绕这几个主题诞生了他最优秀的篇章。他对基督教的看法与 18 世纪完全相反。在他的《基督教真谛》（*Génie du Christianisme*）和《殉教者》（*Martyrs*）中，上一辈作家的分析和批判精神已经全然不见踪迹，他们把宗教仅仅看作是神学教条的集合，而夏多布里昂却把宗教视为有生命力的信念，它存在于诗歌和想象中的每一个维度，并萦绕着过去的神秘气息。然而，人们可能会质疑夏多布里昂是否比伏尔泰更虔诚地信奉宗教。伏尔泰在干燥的理性之光（dry light of reason）下剖析的事物，夏多布里昂却为它披上修辞的外衣，亦即以一种优美的姿态将其摆放在展示台上，为它打上色彩斑斓的光线。他缺乏坦诚相对的信任感。他对大自然的描述也表现出相同的特征。与卢梭相比，他的描写更辽阔、更丰富，构图更精致、更雄伟，却难以令人信服：卢梭笔下的风景往往感人肺腑，而夏多布里昂的风景只能让人感觉绚丽如画。这二人有着相似的自我主义。夏多布里昂从未厌倦过书写自己，在他长篇的《墓畔回忆录》（*Mémoires d'Outre-Tombe*）——他最永垂不朽的著作中，他最常见的情感表露无遗。

204

205

在他的概念里，他是一个拜伦式的人。在他所有的书中，他都无比高傲地认为自己是一个高贵、忧郁、骄傲、多愁善感之人，每个男人都暗地里羡慕他，每个女人都热烈地爱慕他。他有卢梭的虚荣心，但没有卢梭的坦诚。不管怎样，卢梭从不自欺欺人，而夏多布里昂却习以为常。因此，他给人的印象美好而空虚，惊艳却虚幻。我们看到的是一位修辞学家，而不是一个赤裸裸的人。

夏多布里昂的影响极其深远。他的作品流畅、浪漫、富有想象力，而18世纪的传统文学似乎变得干瘪、冰冷、渺小。一个绚烂的新世界撞入读者眼帘，这是一个以人为本的世界，沐浴着大自然的光芒和遥远而神圣的往昔岁月的幻影。他的作品在当时便大受追捧，但其实直到一代人之后才发挥出全部影响。并且，由他兴起的动力在拉马丁的诗歌中得以延续。拉马丁的诗歌同样热衷于描写自然风光，有着相同的宗教观念，同样坚持个人主张，但色彩没有那么鲜明，没有那么浓墨重彩；修辞依旧占主导地位，但这是如怨如慕的袅袅哀音，而非浮华的绮丽画面。他的诗韵律清澈明净，往往非常流利自如，但却绝不绵软无力；情感静如止水，无论看起来有多像一介凡夫俗子，实际上却总是翩然绝尘——这些品质使得拉马丁在法国文学中有着独特地位。它们近乎完美地展现在他最著名的诗——《湖》(*Le Lac*)中，这首忧郁的哀歌描写了他独自回到湖边的感受，他曾与恋人在此甜蜜度日。

206

他所有的诗作都有相同的特征。拉马丁的七弦琴上汩汩流出无尽的旋律，一如既往地完美无瑕，清澈明净，维持着相同的曲调。

在法国大革命时期，在拿破仑的统治期间，以及他倒台后的几年里，整个国家的精力都放到了战争和政治上。在这四十年间，法国文学上能留名青史之人比自文艺复兴以来的其他任何时期都要少。不过，在约 1830 年，新一代的作家终于崭露头角，他们带回了往日之荣耀，并且成功证明法语不仅没有油尽灯枯，反而是一种鲜活、有生命力的工具，具有非凡的力量。这些作家出于共同的文学信念聚集在一起，这在法国屡见不鲜。他们年轻、热情、蔑视过去，看到了未来的无数可能性，他们提高了反对古典主义传统文学的标准，宣扬了新的艺术准则，经过激烈的斗争和巨大的骚动之后，终于彻底确立了他们的主张。他们带来的改变意义非凡，因此 1830 年是法国文学中极为重要的一年。从那时起，用法语写的每一句话、每一首诗，都以不同的姿态烙上了伟大的浪漫主义运动的印记。究竟什么方面受到了影响——1830 年之前与之后的法国文学主要区别究竟在哪里，这个问题值得更深入地思考。

浪漫派最重要的成员有维克托·雨果、阿尔弗雷德·德·维尼、泰奥菲尔·戈蒂耶、大仲马和阿尔弗雷德·德·缪塞。正如上文所说，浪漫派是出于法国人对修辞的酷爱，而在 18 世纪，文学长期被理性和散文统治，对修辞的热情几乎被完全压制。浪漫主义精神激发了夏多布里昂的散文和拉马丁的诗歌，但也仅在于精神层面：这两位作家在文学形式上基本保留了旧传统的主要特征。这是旧瓶装新酒。浪漫派的伟大成就在于创造了新的酒瓶———一种新的形式观念，凭借这种形式，他们在修辞上的追求找到了一片驰骋的天地。然而，他们实际上的创新绝非一蹴而就。例如，自马莱布的时代起，无数烦琐、一成不变的韵律规则就已成为法国诗歌的枷锁，被打破的程度非常有限。他们引入了一些新格律，改变了亚历山大体诗的节奏，但是大量琐碎而毫无意义的限制仍然没有改变，直到至少一代人之后，人们才真正试图摆脱这些限制。不过，诗歌和其他领域一样，他们做了什么才是最 *209*
为关键的。他们触碰了神圣法则，然而并没有遭到灭顶之灾。他们业已证明，打破"规则"也照样能写出优秀的诗歌。这充分表明浪漫主义对涉及每个细微之处的论战都据理力争。维克托·雨果在《艾那尼》（*Hernani*）的开头，大胆地将"暗梯"（*escalier dérobé*）一词的"梯"（*escalier*）放在行末，而"暗"（*dérobé*）放在下一行行首，他遭到了最恶毒的攻击，就仿佛他是十恶不赦之人。这场指责别有深意：它意味着对革命的批评。因为，其实通过对这两个字的处理，维克托·雨果掀起了一场革命。关于文学"规则"的整个理论———即存在着某种固定的传统形式，这种形式绝对、必然是最好的——被彻底粉碎了。新学说成功表明，表达的形式仅仅取决于所要表达的事物，既非传统，也非先验理论。

210 　　浪漫主义运动最引人注目、最全面的革新在于诗歌词汇。自从拉辛的时代以来，能被写入法国诗歌的词汇一直在减少。词汇被分为"阳春白雪"和"下里巴人"两类，只有前一类词才被允许写进诗歌。如果一个词被普通人日常使用，或者它是一个专业术语，或者简单地说，如果一个词的表意非常露骨，那么它就不属于"阳春白雪"；因为这种词必然会带来冲击感，引发卑鄙的联想，破坏诗歌的和谐。如果表达某个意思需要用到通俗词汇，则必须替换成一个"阳春白雪"的词来委婉表达。拉辛在他最伟大的悲剧中敢于使用"狗"这个词，但堕落的后世作家们却是不敢的。如果你一定要说狗这种生物，那最好把它称作"令人尊敬的忠诚拥护者"——这种表达法在 18 世纪的悲剧中真实出现过。显然，在这种陋习的束缚下，任何诗歌都无法生存。那些大胆的、充满活力的、令人耳目一新的词语都被禁止了，措辞仅限于最含

211 糊、笼统、无力的虚华辞藻。浪漫主义作家面对激烈的反对，将诗歌的大门向语言中的每一个词敞开。1830 年之前的几年，一场《奥赛罗》的演出使用了"手帕"（mouchoir）一词，这在剧院里引起了骚乱，由此可见这场改革带来了多大的变化，也由此可以窥见浪漫主义要对抗的舆论是何种性质。伟大的古典主义传统竟

终于沦陷到如此狭隘、虚浮的境地！

　　浪漫主义运动使单词大量流入文学词汇，这产生了两个重要影响。首先，这无限扩展了诗歌用词的范围。法国文学走出了窄小、陈旧、繁文缛节的室内，呼吸着露天的空气。新鲜词语大量涌入，成千上万种从未被察觉过的效果开始运转。奇异、反差、繁复、浩瀚、好奇、怪诞、梦幻，这些效果首次出现在诗歌中，并普遍起来。但有一点必须注意。消除"下里巴人"和"阳春白雪"的词语之间的鸿沟，最初并没有助长现实主义（正如人们所料）。恰恰相反，浪漫主义作家爱用这些新词，不是因为它们更容易陈述现实，而是因为它们的修辞力量，它们可以引发联想，营造遥远、对比强烈和纷繁多变的效果。新词语是修辞的而非现实的引擎。然而这正是它带来的第二个影响——从长远来看，它极大地增强了法国文学的现实倾向。散文的词汇量也随着诗歌一起扩展了，第一批浪漫主义作家的散文几乎完全是修辞性的。但潜藏在散文，尤其是法国散文中的现实主义成分不久就显现出来，现实主义描写抓住了扩充词汇产生的巨大机遇，不久之后，法国文学诞生了一种比以往更细腻、更犀利的现实主义。

212

　　也许不幸的是，浪漫主义论战的主战场本应集中在剧院。事实上，这是一个被法国民众广泛讨论的纯粹文学领域问题。这场论战并不纯粹是由鉴赏家和评论家独自拍板的学术问题，而是在

213

公众平台上全民热议的斗争。但是，大仲马和雨果在剧院里的胜利所掀起的狂热，也非常清楚地展示出那个时代的人们还无法评判新艺术倾向的真正价值。总而言之，浪漫派在戏剧上的成就是他们的工作中最微不足道的。《艾那尼》的首演标志着浪漫主义运动的转折点，这是一部夸张的情节剧，满是信口开河和夸夸其谈。维克托·雨果在写这本书时，认为他是受到莎士比亚的启发，但其实，如果他真有受到谁的启发，那个人只能是伏尔泰。他的戏剧是将 18 世纪的旧戏剧重新粉刷上绚丽的色彩，就像是祖辈们所热衷的古怪乡间宅第，用假哥特式的塔楼和城堡勉力粉饰上个时代的灰泥和壁柱。看不到真性情，也没有真情实感。无论是行为、事件，还是人物，都受到修辞因素的支配，也仅出于修辞角度的考虑。与《扎伊尔》（Zaïre）和《阿尔齐尔》（Alzire）相比，修辞的确更上一层楼——更奔放，色彩更加饱满，但是，也更装腔作势。维克托·雨果的戏剧涵盖了浪漫主义运动所有最糟糕的秉性。

因为纵览他的所有著作，这位杰出的作家用极端的形式表现出了该流派的特征和缺陷。首先，他是位登峰造极的语言大师。他的天资之高，语言之丰富，在世上所有的作家中，只有莎士比亚能出其右。他著作等身，作品种类繁多，但每一页都见证了他孜孜不倦的写作和对写作素材的绝对掌控力。文字在维克托·雨果的笔下汩汩流淌，就如太阳散射出光芒。他的流畅性并不是杂乱无章的长篇累牍，而是受到极高的技巧的控制、修饰和激发。

一旦进入这个伟大魔术师的魔咒，人们就会相信他的艺术没有边

界，凭借高超手段和高深学问，没有他无法创造的奇迹。他能召 　　215

唤出想象中最奇特的幻象；他能唤起往昔的魔力和神秘力量；他

能优美轻盈地唱出大自然易逝的美丽；他能或轻柔或激情地倾泻

出爱的旋律；他能用火焰、压迫感、盛怒和有先见之明的斥责填

满对白；他能发出人类灵魂深处悲伤、隐秘的质疑，写出命运的

庄严。他浩瀚的诗歌长卷宛如汪洋大海，有着感人至深的深邃力

量。他以坚定不移的意志和强烈对比的艺术手法奏响了雄浑的

乐章，令人想起他在《失乐园》（*Paradise Lost*）中描写的景象，

他——

　　　如蜻蜓点水般掠过，

　　　逃离并追逐着

　　　嘹亮的赋格曲。

不禁让人感叹，究竟是一颗怎样的心灵、一种怎样的精神，才能

如此完美地奏响发出这声音的巨型乐器？

　　但也许最好别问，也别去寻找答案。探索得越深，就会越清 　　216

楚地发现维克托·雨果的理智和精神品质完全不能与他的语言和

想象力相提并论。他有着天才的力量、凡人的灵魂，但并不是所有作家皆是如此。有些一流作家——其中包括圣西蒙——他们作品的价值并没有因为性格缺陷而受到影响，甚至反而得以提升。人们会觉得，就算他们比平常高尚十倍，机智二十倍，也不会写得更好。但可惜，维克托·雨果并非如此。他的缺陷——不够理智、见解平庸、缺乏幽默感、爱慕虚荣、缺乏品位——并非无关紧要，这些与他作品的内容密不可分。他希望人们并不仅仅从写作技巧上来评判他，他写作的意图并非如此；他希望人们将他看作一个哲学家、一个道德家、一个先知、一个高尚的思想家、一个博大精深的历史学家、一个敏感而高雅的人。对于一个如此标

217 榜自己的诗人来说，关键显然在于他的诗歌是否真的流露出他所宣称的高贵品质，或者相反地，他的诗歌是否是空洞无物的情感膨胀，是否充斥着浮华肤浅的思想以及荒谬、狭隘的自我主义。成熟且善于思考的读者们在阅读维克托·雨果的作品时，这些令人沮丧的问题困扰着他们。对于感情充沛的年轻读者来说，又是另一番景象。他们很容易忘记——甚至根本不去观察——给人留下深刻印象的角色身上可能有什么不足、平庸之处。他们可以尽情陶醉在那嘹亮的歌喉发出的磅礴和声中，时而在愤怒中颤抖，时而在狂喜中梦游，时而骤然坠入深渊，时而冲上九霄云外。少年和老者，谁才是裁判？狂热或反思，激情或冷静分析，该由

谁来评判？要确定雨果在诗人中的地位的确不容易，但能肯定的是：当人性的弱点消失，当一切都被崇高的艺术目的压倒、升华时，华丽的辞藻确实会产生纯洁的内在美。这表现在《秋叶集》（ *Les Feuilles d'Automne* ）《光与影集》（ *Les Rayons et Les Ombres* ）、《静观集》（ *Les Contemplations* ）的抒情诗中，在《历代传说》（ *La Légende des Siècles* ）的精彩描述和崇高意象中，在《惩罚集》（ *Les Châtiments* ）的强烈谴责中。他是能用语言描绘出绝美画面的最杰出作家之一，如在《惩罚集》中对滑铁卢平原的描写，又或者在《历代传说》中对吕特静静仰望星空的美丽景象的描写。多希望这美妙的声音永不断绝！

218

浪漫派对广博、丰富和崇高的热衷，以及对个人的专注，这两种特质在雨果的作品中都表现得淋漓尽致；在阿尔弗雷德·德·维尼的作品中，前者占主导地位；而在阿尔弗雷德·德·缪塞的作品中，则是后者。维尼惜字如金，只写了一两部戏剧、几篇散文和一小卷诗歌，但有不少都堪称杰作。他是一个远比雨果清醒冷静的艺术家，也是一个更深刻的思想家，一个真诚的人。他的忧郁，他的悲观，不是出于拜伦式的装腔作势，而是高尚灵魂流露出的真挚的、内心深处的情感，并且他能将这一切写入优美的诗句中。他的忧郁是庄严的，他的悲观是崇高的。在他的《摩西》（ *Moïse* ）、《参孙的愤怒》（ *Colère de Samson* ）、

219

《牧人之屋》(*Maison du Berger*)、《橄榄山》(*Mont des Oliviers*)和其他蕴含哲理的短诗中,他设想了人如何面对冷漠的大自然、充满敌意的命运、被荼毒的爱情,他从中吸取的教训是傲然顺应天命。在《狼之死》(*La Mort du Loup*)中,老狼被驱赶到海湾并被猎人杀死的悲剧场面,激发了他最崇高的诗句——"在沉默中受苦、死去"——这句对人性的结语总结了他的悲观哲学。在《军人的荣辱》(*Servitude et Grandeur Militaires*)中,为数不多的短篇小说也同样优美、引人注目,书中以遒劲、清纯的散文形式叙述了一些军旅生活中的英雄事迹。在维尼最出色的作品中,没有浪漫主义向来潜藏的紧迫感、过度强调,或荒谬的倾向,仅仅保留了其中最高贵的要素——他达成了壮美的风格。

阿尔弗雷德·德·缪塞则完全相反。他是那个时代被宠坏的孩子——轻浮、多情、感性、迷人、不幸、不快乐,他的诗记录了他的个人感情、多变的情绪、短暂的爱情和感伤的绝望。

220

> 这世间留给我的
>
> 唯有不时哭泣。[1]

---

[1] 出自《新诗集·忧愁》(*Poésies nouvelles, Tristesse*)。

他哀叹时，语调柔和，满含悔恨，和维尼大相径庭。他的诗多数都柔弱、夸张、没有章法，婉转凄美、哀婉悲切的旋律不断重现。他有些抒情诗臻于完美：著名的《福尔图尼奥之歌》（*Song of Fortunio*）[1] 使他在语言大师中享有崇高的地位；在他的长诗，尤其是《四夜组诗》（*Les Nuits*）中，他的情感会突然爆发，急剧变化，发出剧烈颤动的音符，悠长，高亢，余音绕梁。但毫无疑问，令他永垂不朽的主要成就在于他精巧的小戏剧（包括诗剧和散文剧），这些戏剧结合了莎士比亚的浪漫和马里沃的梦幻，融智慧、魅力和优雅为一体，形成了缪塞的独特风格。在他的历史剧《罗朗萨乔》（*Lorenzaccio*）中，他有野心涂满一块更大的画布。他成功了。与大多数浪漫主义作家不同的是，缪塞有着敏锐的心理洞察力和透彻的历史眼光。在这场精彩、生动、巧妙的悲剧中，*221* 他是如此高大伟岸。

我们现在来看看浪漫主义运动对非韵文虚构小说（prose fiction）产生的影响，该体裁在 19 世纪文学中占据着重要地位。随着 17 世纪古典主义的胜利，小说和其他文学形式一样，都逐渐被简化、凝练。拉法耶特夫人精致的小故事取代了史居里小姐波澜壮阔的传奇，其中《克莱芙王妃》（*La Princesse de Clèves*）有

---

[1] 《福尔图尼奥之歌》是雅克·奥芬巴赫（Jacques Offenbach）为缪塞的剧本《烛台》（*Le Chandelier*）第二幕第三场写的歌曲。

着引人入胜的心理描写和精湛的技巧，可谓开现代小说之先河。整个 18 世纪都呈现出相同的趋势。普雷沃神甫的《曼侬·莱斯科》（*Manon Lescaut*）和《克莱芙王妃》一样篇幅短小，该书写的是热烈、美好的爱情故事，书中只有两个角色——一对情人，他们曲折的命运构成了整个故事情节。本杰明·贡斯当精细巧妙的杰作《阿道尔夫》（*Adolphe*）也具备相同的特征，该书写于 19 世纪初。即使是框架更大的小说，如勒萨日的《吉尔·布拉斯》（*Gil Blas*）和马里沃的《玛利亚娜的一生》（*La Vie de Marianne*），其精神仍旧不变；这种精神即是精挑细选，是简洁凝练，是技巧精湛。后两部作品都是散文风格，仔细斟酌，行文优雅，二者都是由一系列小插曲——几乎互相独立的小故事构成的，并不是沿着一条整体大主线发展。拉克洛的《危险的关系》（*Les Liaisons Dangereuses*）算得上是 18 世纪小说的巅峰之作，这部小说中的故事聪明狡黠，荒淫无耻，充满智谋，写的是一小群人之间互相施展阴谋诡计，书中每一页都展示了极其巧妙、紧凑的艺术手法。狄德罗的《修女》（*La Réligieuse*）在整体理念和现实主义写作手法上，都更贴近现代，但这部名作直到法国大革命之后的几年间才出版。奠基了法国小说和众多其他文学体裁此后发展道路的，非卢梭莫属。《新爱洛伊丝》作为一部艺术作品固有其缺陷，心理描写乏力，结构松散，但其闪光之处在于为小说家的探索打

开了一个新世界———是探索自然界，二是探索社会问题以及现 223
实生活中一切生命的力量。卢梭和雨果的小说有很大差别，但仅
是程度上的差别。《悲惨世界》完美诠释了卢梭在半个世纪前所
勾勒的浪漫主义小说理念。在这本巨著中，雨果试图建构一部描
写现代生活的无韵史诗，但以失败告终。其修辞性的风格，令人
应接不暇的离奇情节，对人物性格的幼稚刻画，无休止的节外生
枝，巨大而无序的力量贯穿其中，也许能令此书堪称最壮观的失
败品——人类天才有史以来创造的最"狂野的庞然大物"。几乎同
时，在乔治·桑的早期小说中，也萌发了浪漫主义精神，在这些
作品中，炽热爱情的烈焰在松散、抒情的文字洪流中被高度理想
化了。

　　无疑，如果小说的发展在这时不再注入浪漫主义精神，就
会演变成一场灾难。从艺术角度看，维克托·雨果的小说和乔
治·桑的早期作品，相比18世纪而言，是一种倒退。《曼侬·莱 224
斯科》(*Manon Lescaut*)，虽然篇幅短小，表现范围有限，没有什
么野心，但艺术水平比不切实际、结构松散的《悲惨世界》更高。
小说的规模确实扩大了不少，但缺乏妥善处理大量新素材的技巧。
浪漫主义小说家试图用优美的文字、抒情的爆发、激昂的哲学论
证以及他们所擅长、熟悉的一切修辞手法，给作品注入美和意义，
这是多么可悲。这必然导致他们的作品死气沉沉、结构不清、异

想天开，他们已误入歧途。处理素材的真正方法根本不在于修辞学，而是现实主义。司汤达洞察到了这一点，他是将宏大世界观与朴素风格，以及对现实生活准确、冷静、详细的观察结合起来的第一人。在其著名小说《红与黑》（*Le Rouge et le Noir*）及之后的作品《帕尔马修道院》（*La Chartreuse de Parme*）中，司汤达划出了法国小说此后发展的轨迹。他最突出的品质，也正是他最优秀的接班人们最突出的品质——细致入微的心理洞察力，对细节的精致追求，以及对真理的坚定信念。

225

尽管司汤达在法国现代小说史上占有重要地位，但他与伟岸的巴尔扎克相比却相形见绌。巴尔扎克以其能力之强，以及作品数量之多、种类之繁，堪称散文界的雨果，然而在两个关键点上，他和这位同时代的文豪天差地别。首先，他对语言技巧的掌控乏力，而雨果则相反。巴尔扎克的文风拙劣，尽管他作品贯穿着充沛的精力，但缺乏形式和技巧，没有突出之处；这些作品出自一个极度敏锐、强大的普通人之手。但是，另一方面，他有一种雨果不具备的伟大品质——真实感。雨果乘着幻想的翅膀在天空翱翔时，是最真实的自己；巴尔扎克在巴黎街道上坐着雇的计程车呼啸而过时，是最真实的自己。他扎根大地，承接地气。他那粗犷、高大、萌动的灵魂，像大地一样，结出了富饶丰硕、真真切切的果实。正是如此，他才完成了雨果在《悲惨世界》中未能成

226

功的尝试。《人间喜剧》（*La Comédie Humaine*）是巴尔扎克对其长篇系列小说的总称，实际上它是一整部鸿篇巨制，尽管有其局限性和缺陷，它以史诗般的大手笔，宏观描绘了当时法国社会的全貌。

巴尔扎克作品的局限性和缺陷的确非常明显、严重。他的风格也呈现出类似的粗线条，这让他无法理解生活的精微之处——细腻的情感，微妙的人际关系。他可能从未读过简·奥斯汀，但他要是读过，他无疑会认为她是一个毫无意义的作家；同样，他也会对亨利·詹姆斯的小说感到茫然。那重要的隐约缥缈之物，那令人好奇的暧昧不清之物，那扣人心弦的内心深处之物，这些都从他粗糙、求实的掌中溜走了。这突出表现在他对两性关系的处理上。这个主题在他的小说中占据大量篇幅，他以直白的手法和洞察一切的目光来处理它，但是他对两性关系的制高点——爱情的描写却总是不尽人意。他抓不住爱情：它的性质如此微妙、私密、玄奥，描述爱情需要有一颗诗人之心，而巴尔扎克绝不可能成为诗人。

他的作品不仅缺乏某些优秀品质，而且还受到一些恶劣品质的侵蚀。巴尔扎克不单纯是一个现实主义者。他身上还有一种浪漫主义气质，偶尔浮出水面，却造成负面效果。在这种情况下，他会沉浸在极其轻率的情景剧中，陶醉于极度病态的情感，或者

227

创造出十分怪异的人物、匪夷所思的情节。这些谬误随时都有可能发生。在详细、逼真的描述中，会忽然冒出一些明显的荒谬之处；在求真务实的叙述中，会出现令人扫兴的恶霸、伪装、毒药等低俗小说惯用的一切把戏。巴尔扎克对自己的作品缺乏批判性的审视，这是他最典型的特征之一。他似乎全然不知自己目的何在，横溢的才华驱使他疯狂地、不顾一切地写作。无数栩栩如生、密密麻麻的人物挤进他的脑海——五花八门的幻想画面，掺杂着生动的现实场景。他不加分辨，他只专注于如何将它们都写出来；至于是好是坏，还是一般，这重要吗？这些填满他脑海的东西，必须要表达出来。

幸而，读者的鉴赏力很容易在巴尔扎克之上。然沙子与黄金并不能熔铸为一体，糠秕被扬弃之后，谷粒尚存。他的谬误和缺陷无法掩盖其成就——揭露人间百态。整个法国都被塞进了他的书中，并散发着蓬勃生机。传统小说家的现实主义是一种纯粹心理层面的现实主义，仅仅关注个别人内心状态的微妙变化。但巴尔扎克却别开生面。他不在意刻画细微的心理活动，而是致力于表现出平淡的生活境遇中吸引人的地方，而这往往被老一辈作家忽略。他掷地有声地指出，日常生活中的平凡细节充满了戏剧性，如果你有一双善于观察的眼睛，就会发现千篇一律的制服也能别有一番风味，出租屋的旧家具也能沉淀一份感情。金钱是他探讨的永恒主题。在他创造的千千万万个人物中，读者几乎对每一个角色的收入都了如指掌；差不多可以说，从《人间喜剧》中能得出的唯一明确的教训即是——金钱不是万能的。传统作家更倾向于将此留给读者去想象，而巴尔扎克的宗旨是不给读者留下任何想象的空间。通过夜以继日的耕耘、一丝不苟的谨慎以及对细节的注重，他想要描绘一切。他用百科全书般的知识来实现他的抱负：他能准确地描述一台旧式印刷机；他能写关于军事组织方式的论文；他能揭示巴黎新闻界运行的秘密之源；他对发财者的诈骗业务、放高利贷者的手段以及金融界的运作都如数家珍。在这无数的细节中，他注入了生命的精神。或许他最出彩的现实主义描写在于对伏盖公寓（ *La Maison Vauquer* ）[1]——一所低级的寄宿住宅——的叙述，他为此特别详尽地写了一页又一页。这并非死板的流水账，而是一幅描绘血淋淋真相的惊悚画面。此前从未有人将潜藏在各个角落、各种事物中龌龊卑鄙的行径如此彻底地暴露在光天化日之下。

230

　　毫无疑问，巴尔扎克特别擅长描写卑鄙、肮脏、丑陋和吝啬。他的最伟大之处在于揭露了文明的可怕阴暗面——贫穷带来的屈辱，寄生虫之间卑鄙的钩心斗角，种种苦难折磨、摧毁一个人的

---

[1]　巴尔扎克的小说《高老头》中，高老头在巴黎居住的公寓。

漫长过程。他将奇特的光线打在这个阴暗肮脏的世界上：奇形怪状的剪影闪现、消逝；每个侧面模糊、惨淡的轨迹一闪而过；在这之中，一些形象突然从黑暗中浮现，满怀哀伤、柔情、悲惨和难以言表的痛苦。

巴尔扎克于 1850 年去世，浪漫主义运动也差不多在这时落下帷幕。诚然，维克托·雨果继续活着、写作了三十多年，但浪漫派的理想不再主宰法国文学。该流派取得了巨大成就，它让法国诗歌获得重生，让法国散文焕然一新。然其成就的性质也导致了自身的覆灭。激发浪漫主义信念的是进步和改革的精神，这种精神教导我们写作没有定则；艺术和科学一样，都要靠实验；没有变革的文学是死文学。因此，浪漫主义理想本身必然会成为文学新进展的垫脚石。巴尔扎克错综复杂的著作，神奇地将旧学派和新学派最重要的元素融合在一起。他笔力遒劲，具有丰富的多样性，缺乏形式感，缺乏批判和理性精神，从这些特征来看他是一个浪漫主义作家，但他对普通细节的追求、唯物主义的思维方式和对现实的专注，却是属于新时代的。

第七章 批评主义时代

巴尔扎克死后，崛起的新生代作家已进入了今人记忆的范围之内，因此几乎无法对他们的作品进行公正的评估：距离太近，必然会失去焦点。他们的成就极其丰富、多样，这也造成了额外的困难。他们探索了众多文学领域，创造了无数意义和价值，对他们的作品进行简要描述很可能给人留下错误的印象。在此仅讨论这些作品的主要特点和最突出的表现形式。

这是一个批评主义的时代，强烈地反对浪漫主义作家们作品中的松散结构和铺天盖地的思想；树立了新的理想——将浪漫主义的广泛性与多样性和古典主义时代的严谨形式与严肃的艺术宗旨相结合。这场运动影响了整个法国文学，但其最重要的成果是在散文领域。浪漫主义作家最明显的缺点莫过于他们对待历史的方式。除了极少数例外，他们把历史想象成一场华丽的古装游行，仅将其看作一种参照物、一些华美服饰、一个堆砌辞藻的借口，没有内在意义，也并非真实生活。他们当中的确诞生了一位天才历史学家——米什莱，他和其后继者泰恩、勒南的作品之间的对比，是一个典型的分水岭。米什莱的伟大史书，以其光怪陆离、惊心动魄的风格，对真相一波三折、富于想象的处理，以及毫不掩饰的偏见，电闪雷鸣般展现了过去的场景——极其生动，同时又非常扭曲；这是诗人笔下的历史，而非科学家笔下的历史。在泰恩和勒南的著作中，谨慎地抑制住了构成米什莱作品基础的个人因素。取而代之的是对细节的细致考察，对过去的状况认真、清醒、不带偏见的重建，尽最大的努力揭露真相，也仅有真相。234 他们的史书并不是仅由分析和研究堆成的枯骨，而是充满无限同情，尤其是在勒南的著作中，一种温和而清晰的风格增添了艺术独特的魅力和令人愉悦的气息。

该倾向在文学批评中表现得更为显著。其实可以说，圣伯夫是开启文学批评的第一人。在他之前，文学批评要么仅仅是个人意见的表达，要么就是试图建立放之四海而皆准的文学规范，并以此为标准来评判作家。圣伯夫意识到，不论是约翰逊的轻率评论或者是布瓦洛的狭隘概括，这些方式其实完全算不上文学批评。他明白批评家的首要职责不是评判，而是理解。他以这个目标为出发点，探索一切可以揭示作者气质、眼界和理想的要素；他考察作者生平、作者所生活的社会环境以及那个时代所产生的影响；235 他用耐心搭建了一条纽带，担当作者与读者之间沟通的桥梁。他的《周一漫谈》（*Causeries du Lundi*）（最初是为一家期刊撰写的短篇批评论文集，随后出版为一个系列长卷）和之后发表的《皇家港口》（*Port Royal*）（详尽叙述了路易十四统治早期的文学和哲学运动）包含了大量关于整个法国文学的珍贵材料。他的文笔冷静机智、从容随和，反映出他善于分析并且富有同情心。毫无疑问，热爱法国文学之人第一眼就能在圣伯夫的《周一》系列文章中发现关于法国文学各个分支最有用、最中肯的评价，且其学识越深厚，就越会迫切地回到这些好书中寻求进一步的指导和启发。

然而，这个时代最杰出的散文家所致力的既非历史，也非批评，而是小说，尽管其作品兼具前二者的精神。福楼拜在他的小说中，终于完成了巴尔扎克艰难发起的未竟之事——将小说艺术与浪漫主义流派的虚幻、夸张和华丽辞藻分离开来。在他之前，一种更加克制、更加深思熟虑的文学就已表现在乔治·桑的几部短篇小说中，这是她出色的成熟作品系列的开端，尤其是在《魔沼》（*La Mare au Diable*）、《小法黛特》（*La Petite Fadette*）和《弃儿弗朗索瓦》（*François le Champi*）等精美著作中，一种被强烈的真实感加强和净化的田园气息取代了她早期的抒情性和混乱性。福楼拜的才华行驶在另一条更广阔的轨道上，但它同样是一种深思熟虑的文学。福楼拜继承了巴尔扎克的现实主义、对细节的追求和对事物的敏锐观察，但他严谨的风格以及对素材耐心、刻苦、

236

冷静的加工，却与巴尔扎克截然相反。正是后面这些品质使福楼拜成了该时代出类拔萃的代表。批判意识在他身上比其他同时代人更为强烈，表现得也更为突出。他无时无刻不在审视自己的作品。从来没有哪位作家如此严肃认真地对待自己的著作，如此孜孜不倦地追求完美，如此痛苦地忍受着无止境的创作所产生的困难、失望、绝望和呕心沥血。他的写作风格就已让他付出无限精力。他常常花一整天的功夫琢磨、完善一个句子，而这个句子可能会在书出版前被完全抹去。他怀着疯狂的热忱对待作品的每一个细节，以一种近乎超人的非凡毅力，删去重复之处，平衡节奏，找到每个意思的精确用词。他对待事物认真负责的态度也同样令人钦佩。当他为历史小说做准备时，会对该时期的政府进行深入研究，并会实地考察他要描写的地方。当他描写现代生活时，也同样一丝不苟。他有一个场景描写在月光下穿过菜园。但是月光下的菜园到底是什么样子的呢？福楼拜等了很久才等到一个合适的夜晚，他走出门，手里拿着笔记本，记下了他看到的确切细节。因此，他的书写得很慢，他的作品也比较少。他花了六年时间创作《包法利夫人》（*Madame Bovary*），这是他第一部也是他最著名的作品；他花了至少十三年来写百科全书式的巨作《布瓦尔与佩居谢》（*Bouvard et Pécuchet*），在他去世时仍未完稿。

福楼拜的小说，尤其是他的史书，给人最持久的印象是稳健。

他的作品褪去了浪漫主义的陈腔滥调和浮夸辞藻，取而代之的是对往昔生活清晰、细致且深刻的呈现。在《萨朗波》(*Salammbô*)一书中，古老的迦太基浮现在我们眼前，没有由画面浮夸、杂乱无章的想象构成的离奇景象，只有实实在在的真实；它光辉鲜艳，但这种光芒并非是令人眼花缭乱的华丽藻饰，而是闪烁着东方骄阳的璀璨金光；它奇异独特，但并非是在19世纪的巴黎闭门造车出来的稀奇古怪的异域风情，而是真实的蛮荒古代之奇景，神秘且意味深长。

福楼拜的现代小说也有同样的特征。《包法利夫人》呈现给我们的画面没有强烈的色彩，其描写有力、敏锐、准确，布局巧妙，塑造了令人绝对相信的真实感。故事围绕悲惨的女主人公展开，在冷酷无情的周遭环境中，她的性格和命运紧紧牵动着读者。福楼拜的才华不是灵光乍现，而是逐渐积累起来的。它对人的影响并非来势汹汹、惊天动地式的，而是潜移默化、春风化雨般的，通过千丝万缕的细节感化人心，而且，这种影响一旦形成，就再也无法磨灭。

然而，福楼拜作品的稳健也有其缺点。他的作品缺乏激情，常常有一种用力的感觉；而且，当人们阅读他那精心推敲、完美无瑕、精雕细琢的句子时，会渴望偶尔能读到巴尔扎克那种打破常规的鲜活生命力。不可思议的是，福楼拜的信件是语言最有趣

239

的书信集之一，这些书信表明，不羁的活力正是他性格的主要特征之一。但在他的小说中，他为了艺术而压抑了自己的这一面。他认为，超然物外是成就一切伟大作品的必要条件，并且，他竭尽所能地将这一理论付诸实践。但有一点，他并没有做到。他对芸芸众生的憎恨和蔑视在其作品中随处可见，他认为人类是一个愚蠢、无知、庸俗的群体，这在他未完成的《布瓦尔与佩居谢》中，几乎达到了偏执的程度。这本书是对普罗大众无比周详、无比沉痛的抨击。这位孤独、高贵而强大的天才在无意识的疯狂自我表达和故意误导的自我牺牲中痛苦挣扎，最终耗尽了自己的生命，这又何尝不是一种悲剧景象。

240

在诗歌上，对浪漫主义的反抗开始于泰奥菲尔·戈蒂耶的《珐琅与雕玉》(*Émaux et Camées*)。戈蒂耶年轻时是浪漫主义流派的领袖之一。一群被称为"巴那斯派"的作家将该反抗进一步发扬光大，其中最重要的是勒贡特·德利尔、苏利·普利多姆和埃雷迪亚。他们在诗歌上与缪塞的继承关系，就如在史学上勒南之于米什莱，在散文上福楼拜之于雨果。他们的诗变得克制严谨，没有个人情感，并且打磨到了最高境界。诗的数量不算多，但没有一行是软弱或有瑕疵的：它有一种稳健的雕塑美。戈蒂耶的诗

集标题完美诠释了这一点，他的名诗[1]即是对该派原则的阐释和
例证，开头如下——

　　　　对，作品要称心如意，　　　　　　　　　　　　　　*241*

　　　　形式必须反复推敲

　　　　谈何容易，

　　　　——诗句，珐琅，云石，玛瑙。[2]

　　巴那斯派尤其热衷于古典题材，以及描绘热带风光。他们的
语言丰富、铿锵、华丽，具有雕塑的美感，这使得他们的画面壮
观稳重，有着入木三分的力量。在勒贡特·德利尔辞藻华美的写
景诗、苏利·普利多姆精美细腻的抒情诗和埃雷迪亚清秀俊逸的
十四行诗之中，不乏该世纪最具分量的上乘之作。

　　这个时代还诞生了另一位诗人，然而，他的诗歌精神却属于
下一个时代，而非当时。他便是波德莱尔，他凭借诗集《恶之花》
（*Les Fleures du Mal*）成为一名有独特地位的大诗人。诚然，就其
诗歌形式而言，他与同时代的诗人有着千丝万缕的联系。他的作
品具有巴那斯派的细致、平衡和严谨打磨，他与同时代人截然不

[1]　指诗集《珐琅与雕玉》的压卷之作《艺术》。

[2]　程增厚译（《法国诗选》，上海：复旦大学出版社，2004）。

242　同之处在于其创作主题。他对古典主义想象和不掺杂个人情感的写作完全没有兴趣，他几乎只关心巴黎的红灯绿酒和一个幻想破灭的灵魂的真实经历。巴那斯派客观冷漠，而波德莱尔却有强烈的个人情感，他将自己品性中的一切阴郁、哲思中的所有苦涩、绝望中的种种痛苦，全都倾注到诗歌中。有些诗人——如济慈和舍尼埃——尽管他们生活不幸，但在他们的诗歌中，似乎只萃取了幸福和最纯粹的美好；他们只有在阳光的照耀下和鲜花的簇拥中，才能找到真正的自我。另外一些作家——如斯威夫特和塔西佗——统治着黑暗、恐怖的王国，他们最优秀的作品都写在死亡幽谷之中。这种类型的作家通常不是诗人。波德莱尔的一大特色就是他能够将绝对悲观主义的丑恶、毁灭性的观念与激情、想象和华丽诗篇独具的形式美结合起来。他堪称诗歌界的斯威夫特。他塑造的意象阴暗、丑陋，他的某些描述甚至比斯威夫特的更令人作呕，他的大多数诗篇都不适合年少无知之人阅读。但明智的读者会从这阴森可怖的诗歌意象中发现其举世罕见的深刻性和力

243　量。特别是，其中有一种法国诗歌中不寻常的特质——一种充满激情的想象，它给思想披上华丽的外衣，将这位忧郁的凡人那诡谲怪诞的文字提升到崇高的不朽境地。

结语

随着福楼拜于 1880 年逝世，法国文学进入了一个新的阶段，该阶段就其本质特征来看一直延续到今天，本书至此也就该进入尾声了。

最后这一阶段，由两位天才引领风骚。在散文方面，莫泊桑延续了福楼拜的事业，虽然写作范围更加狭窄，但笔法更为犀利，风格更为生动。他摒弃了上一代作家的异国情调和历史视角，全身心地用近乎极端的写实手法摹写现代生活，创作了精彩的长篇小说和更为出色的短篇小说。而魏尔伦的诗歌恰恰表现出相反的倾向。莫泊桑将散文从诗意和想象的成分中完全剥离，尽可能地把它推向尖锐的现实主义方向，与此同时，魏尔伦和他的同侪们却试图使诗歌前所未有地诗意化，引入个人情绪和精神波动的模糊性和梦幻性，远离清醒的现实，并赋予其音乐性。

魏尔伦和他的后继者们使法国诗歌完全摆脱了古典规则的控制，浪漫主义作家第一次对这些规则的正确性进行了质疑。魏尔伦为了表达他所钟爱的微妙、变幻无常、暧昧不明的感受，完全破除了格律，让他的诗宛如一种完美的流体，他可以随心所欲地将其注入由感受和思绪铸成的精巧模具中。事实证明该方法大获成功。魏尔伦的诗歌散发出一种精美的芳香，奇特、朦胧，香味散尽后，令人魂牵梦绕。在他那令人陶醉、感人肺腑的音乐中，我们能听到灵魂颤抖的声音。这最后一位悲伤的歌者带我们回到过去，将他甜美的曲调与维庸遥远的忧郁糅在一起，象征着伟大的法国文学的生命之花和永恒之根。

至此，我们已经勾勒出法国文学的主要轮廓，上至黑暗时代[1] 幽微之开端，下至当代文学之肇始。回首作家的长列，我们必会惊叹这是一笔非凡的财富。诚然，法国并没有带给世界等同于莎士比亚般有崇高地位和广泛影响力的作家。但是，哪里有与莎士比亚等同的作家呢？甚至在璀璨的希腊文学中也找不出一个。法国作家的数量多如牛毛，在现代文学中，法国一流作家数量之多，唯有英国能与之相匹敌。法国作家名录的确散发着耀眼的光芒，在诗歌和戏剧上，赫赫有名的有维庸、龙萨、高乃依、莫里哀、拉辛、拉封丹、舍尼埃、拉马丁、雨果、维尼、戈蒂耶、波德莱尔、魏尔伦；在散文方面，有傅华萨、拉伯雷、蒙田、帕斯

246

---

[1] 指中世纪。

卡、波舒哀、拉罗什富科、拉布吕耶尔、孟德斯鸠、圣西蒙、伏尔泰、狄德罗、卢梭、夏多布里昂、巴尔扎克、福楼拜和莫泊桑。法国文学，除了其丰富性和多样性，还具有独特的价值。它比任何其他欧洲国家的文学都更特别、更别具一格，如果没有法国文学，世界文学就将丧失某些只有法国才能创造的可贵特性。我们还能在哪儿找到足以取代司汤达、巴尔扎克、福楼拜和莫泊桑的现实主义呢？又该去哪里寻找伏尔泰那条分缕析的笔法和滴水不漏的论点呢？又或者帕斯卡的遒劲和精确？以及拉辛身上燃烧的纯洁激情？

247

　　最后，我们应该何从寻找法国文学的本质精神？在于它对真理的追求？对修辞的热衷？它的清澈明净？还是在于它广泛的影响力？这些都是法国文学的独特品质，但在这之上，有一种品质统领着并赋予其他品质以活力。如明星般指引着一代代法国作家的崇高原则即是深思熟虑，志存高远，有意识地寻找秩序之美，坚定不移、不屈不挠地追求艺术的无尽荣光。

作家列表及其主要作品

Ⅰ. 中世纪

武功歌（CHANSONS DE GESTE），11—13 世纪

《罗兰之歌》（*La Chanson de Roland*），约 1080 年

布列塔尼传奇故事（ROMANS BRETONS），12—13 世纪

克雷蒂安·德·特鲁瓦（CHRÉTIEN DE TROYES），写作时间约 1170—1180 年

寓言故事诗（FABLIAUX），12—13 世纪

《列那狐的故事》（*Le Roman de Renard*），13 世纪

《乌加桑和尼科莱特》（*Aucassin et Nicolete*），约 13 世纪

维尔阿杜安（VILLEHARDOUIN），卒于 1213 年

《君士坦丁堡征服记》（*La Conquête de Constantinople*），1205—1213

吉约姆·德·洛里斯（GUILLAUME DE LORRIS），生卒年不详

《玫瑰传奇》（*Le Roman de la Rose*）（第一部分），约 1237

让·德·墨恩（JEAN DE MEUNG），卒于 1305 年

《玫瑰传奇》（第二部分），1277

儒安维尔（JOINVILLE），1224—1319

　《圣路易史》（*Vie de Saint Louis*），1309

傅华萨（FROISSART），1337—约 1410

　《史记》（*Chroniques*），1373—1400

维庸（VILLON），1431—?

　《大遗言集》（*Grand Testament*），1461

科米纳（COMMYNES），约 1447—1511

　《回忆录》（*Mémoires*），1488—1498

II. 文艺复兴时期

马罗（MAROT），1496—1544

拉伯雷（RABELAIS），约 1500—1558

龙萨（RONSARD），1524—1585

杜贝莱（DU BELLAY），1525—1560

　《保卫和发扬法兰西语言》（*La Défense et Illustration de la Langue Français*），1549

若代勒（JODELLE），1532—1573

　《克莉奥佩特拉》（*Cléopâtre*），1552

蒙田（MONTAIGNE），1533—1592

《随笔集》（*Essays*），1580　1588

III. 过渡时期

马莱布（MALHERBE），1555—1628

《颂歌集》（*Odes*），1607—1628

阿尔迪（HARDY），约 1570—1631

《悲剧集》（*Tragedies*），1593—1630

法兰西学院（ACADEMY），成立于 1629 年

高乃依（CORNEILLE），1606—1684

《熙德》（*Le Cid*），1636

《贺拉斯》（*Les Horaces*），1640

《西拿》（*Cinna*），1640

《波利厄克特》（*Polyeucte*），1643

帕斯卡（PASCAL），1623—1662

《致外省人信札》（*Lettres Provinciales*），1656—1657

《思想录》（*Pensée*），初版发行于 1670 年，完整版发行于 1844 年

IV. 路易十四时期

莫里哀（MOLIÈRE），1622—1673

《可笑的女才子》（*Les Précieuses Ridicules*），1659

《太太学堂》（*L'Ecole des Femmes*），1662

《伪君子》（*Tartufe*），1664

《恨世者》（*Le Misanthrope*），1666

《无病呻吟》（*Le Malade Imaginaire*），1673

拉罗什富科（LA ROCHEFOUCAULD），1613—1689

《箴言录》（*Maximes*），1665

布瓦洛（BOILEAU），1636—1711

《讽刺诗》（*Satires*），1666

《诗的艺术》（*Art Poétique*），1674

拉辛（RACINE），1639—1699

《安德洛玛克》（*Andromaque*），1667

《费德尔》（*Phèdre*），1677

《阿塔莉》（*Athalie*），1691

拉封丹（LA FONTAINE），1621—1695

《寓言诗》（*Fables*），1668—1692

波舒哀（BOSSUET），1627—1704

《诔词》（*Oraisons Funèbres*），1669—1687

《世界史讲话》（*Histoire Universelle*），1681

德·塞维涅夫人（MADAME DE SÉVIGNÉ），1626—1696

《书简集》（*Lettres*），1671—1696

拉法耶特夫人（MADAME DE LA FAYETTE），1634—1696

    《克莱芙王妃》（*La Princesse de Clèves*），1678

拉布吕耶尔（LA BRUYÈRE），1645—1696

    《品性论》（*Les Caractères*），1688—1694

V. 18 世纪

丰特奈尔（FONTENELLE），1657—1757

    《神谕史》（*Histoire des Oracles*），1687

培尔（BAYLE），1647—1706

    《历史批评词典》（*Dictionnaire Historique et Critique*），1679

费奈隆（FÉNELON），1651—1713

    《忒勒玛科斯历险记》（*Télémaque*），1699

孟德斯鸠（MONTESQUIEU），1689—1755

    《波斯人信札》（*Lettres Persanes*），1721

    《论法的精神》（*L'Esprit des Lois*），1748

伏尔泰（VOLTAIRE），1694—1778

    《亨利亚特》（*La Henriade*），1723

    《扎伊尔》（*Zaïre*），1732

    《哲学通信》（*Lettres Philosophiques*），1743

    《风俗论》（*Essai sur les Mœurs*），1751—1756

《老实人》（*Candide*），1759

《哲学辞典》（*Dictionnaire Philosophique*），1764

《谈话录》等（*Dialogues，etc*），1755—1778

勒萨日（LE SAGE），1668—1747

《吉尔·布拉斯》（*Gil Blas*），1715—1735

马里沃（MARIVAUX），1688—1763

《玛利亚娜的一生》（*La Vie de Marianne*），1731—1741

《爱情与偶然的游戏》（*Le Jeu de l'Amour et du Hasard*），1734

圣西蒙（SAINT-SIMON），1675—1755

《回忆录》（*Mémoires*），始作于 1740 年，首版 1830 年

狄德罗（DIDEROT），1713—1784

《百科全书》（*Encyclopédie*），1751—1780

《修女》（*La Réligieuse*），首版 1796 年

《拉漠的侄儿》（*Le Neveu de Rameau*），首版 1781—1788 年

卢梭（ROUSSEAU），1712—1778

《新爱洛伊丝》（*La Nouvelle Héloïse*），1761

《社会契约论》（*Contrat Social*），1762

《忏悔录》（*Confessions*），首版 1781—1788 年

博马舍（BEAUMARCHAIS），1732—1799

《费加罗的婚礼》（*Le Mariage de Figaro*），1784

孔多塞（CONDORCET），1743—1794

　　《人类精神进步史表纲要》(*Esquisse d'un Tableau Historique des Progrès de l'Esprit Humain*)，1794

舍尼埃（CHENIER），1762—1794

　　诗歌，1790—1794，首版 1819 年

VI. 19 世纪（上）

夏多布里昂（CHATEAUBRIAND），1768—1848

　　《阿达拉》(*Atala*)，1801

　　《基督教真谛》(*Génie du Christianisme*)，1802

　　《墓畔回忆录》(*Mémoires d'Outre-Tombe*)，出版于 1849 年

拉马丁（LAMARTINE），1790—1869

　　《沉思集》(*Méditations*)，1820

雨果（HUGO），1802—1885

　　《艾那尼》(*Hernani*)，1830

　　《秋叶集》(*Les Feuilles d'Automne*)，1831

　　《巴黎圣母院》(*Notre-Dame de Paris*)，1831

　　《惩罚集》(*Les Châtiments*)，1852

　　《静观集》(*Les Contemplations*)，1856

　　《历代传说》(*La Légende des Siècles*)，1850

VII. 19 世纪（下）

《周一》文学批评系列（*Lundis*），1850—1869

勒南（RENAN），1823—1892

《耶稣传》（*Vie de Jésus*），1863

泰恩（TAINE），1832—1893

福楼拜（FLAUBERT），1821—1880

《包法利夫人》（*Madame Bovary*），1857

《萨朗波》（*Salammbô*），1862

戈蒂耶（GAUTIER），1811—1872

《珐琅与雕玉》（*Émaux et Camées*），1852

波德莱尔（BAUDELAIRE），1821—1867

《恶之花》（*Les Fleures du Mal*），1857

勒贡特·德利尔（LECONTE DE LISLE），1820—1894

诗歌，1853—1884

苏利·普利多姆（SULLY PRUDHOMME），1839—1908

诗歌，1865—1888

埃雷迪亚（HEREDIA），1842—1906

《锦幡集》（*Les Trophées*），1893

莫泊桑（MAUPASSANT），1850—1893

魏尔伦（VERLAINE），1844—1896

参考文献

涉及法国文学历史及批评的著作实在浩如烟海。以下是关于该主题最具参考价值的书目：

小朱勒维尔：《法国语言文学史（共八卷）》（PETIT DE JULLEVILLE. *Histoire de la Langue et de la Littérature Française* [8 vols.] ）。

朗松：《法国文学史（共一卷）》（LANSON. *Histoire de la Littérature française* [1 vol.] ）。

道登：《法国文学史（共一卷）》（DOWDEN. *A History of French Literature* [1 vol.] ）。

阿谢特出版：《法国著名作家》（*Les Grands Ecrivains Français*, published by Hachette），这是一套出色的传记丛书，介绍了主要作家，由一流的现代文学评论家编撰。

圣伯夫的批评文章独具价值。这些文章收录于《周一漫谈》（*Causeries du Lundi* ）、《最初的周一》（*Premiers Lundis* ）、《新周一漫谈》（*Nouveaux Lundis* ）、《妇女肖像》（*Portraits de Femmes* ）、《文学肖像》（*Portraits Littéraires* ）和《现代肖像》（*Portraits Contemporains* ）之中。

阿纳托尔·法郎士（Anatole France）撰写的《文学生活》（*La Vie Littéraire* ）中有一些关于现代作家的精彩评论。

介绍主要作家的书非常多。《法国著名作家》（*Les Grands Ecrivains de la*

France）（阿谢特）是一套有重要地位的丛书，囊括了绝大多数大作家的全部著作，评论精心、专业，极具价值。阿谢特、国家图书馆（La Bibliothèque Nationale）、让·吉勒坎（Jean Gillequin）、内尔松（Nelson）、当（Dent）、戈万斯（Gowans）和格雷（Gray）还出版了平价版的法语杰作。

此外还有不少抒情诗选集，其中最佳的两本为《法国抒情诗名篇》（*Les Chefs-d'œvre de la Poésie Lyrique Française*）（戈万斯、格雷），以及《牛津法语诗集》（*The Oxford Book of French Verse*）（牛津大学出版社）。不过，须知法国文学最具特色的精髓在于其诗剧和散文，因而也无法将其与以上选集收录为合集。

索引

（词条页码指本书边码）

译后记

　　翻译绝非易事。在译完这本著作之后，这种感触尤为深刻。

　　《法国文学的里程碑》原是英国作家里顿·斯特拉奇面向英国读者介绍法国文学史的一本著作，主体使用英文，而引用的文学作品基本都采用了法语原文。很多时候，他的引用非常零散，为求译文的准确，我往往需要查阅法语原作的上下文乃至全文，而有些戏剧甚至需要快速通读全剧本。其中有一些引用的作品已有中译本，而另一些则尚未有人翻译。不过，不论是否已有前人译作，我对绝大多数的引用都重新做出了自己的翻译。一来是为了统一译作的整体风格，二来是因为现有的译文往往有诸多不尽如人意之处。有的诗在本书中只引用了几行，出于对准确性的追求以及对原诗的喜爱，我会将原诗通篇翻译下来，再截取文中引用的部分。这种翻译方法固然会降低翻译的速度，不过却踏实而有乐趣。我想，每一处译文都值得被认真对待。

我始终认为，忠实应当是译者最基本、最重要的品质，这种忠实不仅是对原文内容的尊重，更是对作者风格的还原。将朴实无华的作品译得文采斐然，是一种不忠；同样将文采斐然的作品译得朴实无华，也是一种不忠。本书原作者里顿·斯特拉奇的文笔非常好，我在翻译之时会尽量地去贴近他的语言风格——严谨、凝练、优美动人。我力求让自己的文字精简，在让译文明白晓畅的同时又不失去美感，尽可能地保留原作者的味道。

里顿·斯特拉奇不是枯燥无味地向读者灌输文学知识，而是用洞悉、透彻的锐利目光，从法国文学中撷取精要，以精辟、生动的文字，鲜明地阐述重要作家、作品的风格、地位和最别具一格之处，析其优劣，为读者构筑了一条通达、精美的文学长廊。譬如，他如此形容傅华萨的《史记》：

> 书卷似绵长的织锦般展开，华丽地编织着历险奇遇和骑士风范，编织着旗帜、长矛和战马，编织着出身高贵的淑女们的容颜和身穿盔甲的骑士。

用不多的笔墨，十分精准、优美地概括了《史记》的描写内容和写作风格，让人立即在脑海中浮现出一部华美、宏大的中世纪巨著来。又如，在概述蒙田的散文风格时，他使用了一个巧妙、贴切的比喻，来形容蒙田从容、优雅的文风：

> 他的书像潺潺的小溪，蜿蜒流过鲜美的草地。

里顿·斯特拉奇美妙的文字和鞭辟入里的分析，让《法国文学的里程碑》作为一本文学史，本身也极具文学性。他重在勾勒从中世纪到 19 世纪法国文学的轮廓，着重梳理在社会经济、政治的背景下，在社会思潮的运动中，法国文学的发展趋势，诸如文学流派的演变、文学理念的变革，以及创作手法的革新等等。书中提到的作家、作品无疑都是这幅轮廓不可或缺的一笔，是法国文学史上一座座璀璨辉煌的里程碑。书中很少详细介绍作家的生平、经历，也几乎没有系统地介绍他们的作品，甚至引用的片段也很少对其进行说明。他的笔触，颇有些类似印象派的画家，只给人留下整体颜色的感受。但正是这样的笔触，准确地抓住了法国文学的灵魂，让读者建构起对法国文学的整体把握。

此外，里顿·斯特拉奇作为一位英国文学家，看待法国文学有其独特的视角，文中经常可以看到与英国文学的对比，尤其是和莎士比亚的对比。有莎士比亚与莫里哀喜剧写作手法的对比，有莎士比亚的《安东尼与克莉奥佩特拉》与拉辛的《贝蕾妮丝》这两部古罗马历史剧的对比，有以莎士比亚为代表的英国伊丽莎白时代戏剧风格与法国路易十四时期古典主义戏剧风格的对比，诸如此类，数不胜数。这种对比的呈现，让法国文学区别于英国文学的显著特征被鲜明地凸显出来，我们也可以从中窥测到英国人对于法国文学的态度。

本书对于我们了解 20 世纪之前的法国文学具有重大的意义，遗憾的是原作者于 1932 年辞世，无法再继续为我们讲述 20 世纪的法国文学，甚至对于 19 世纪下半叶的法国文学，也因距离他的时代太近而不肯做出过多评论，担心有失公允。书中，不少 19 世纪下半叶的重要作家和诗人都未曾提到，如左拉、兰波、普鲁斯特等，而提到的几位作家也只是如蜻蜓点水般，写下寥寥数语。正如他本人所说：

> 崛起的新生代作家已进入了今人记忆范围之内，因此几乎无法对他们的作品进行公正的评估：距离太近，必然会失去焦点。

这是一种难能可贵的品质，是对文学史的尊重。有时，我们需要拉开时间的距离，才能以更清醒的旁观者角度来观察文学，给出对作家、作品更客观、更全面的评价。

我从去年夏天接触到这本书，到今年夏天交稿，翻译历时一年之久。这部短小精悍的文学史，是我人生中的第一本译作，翻译之时可谓如履薄冰，就如初入贾府的林黛玉，生怕哪里译得不好，取笑于人。

然而翻译之路漫漫其修远兮！唯有踏踏实实一步步走下去罢了。

最后，在此想感谢我的编辑孙华硕先生，让我有机会翻译这本优秀的著作，并且为我的译稿提出了宝贵的修改意见。

庚如寄

2020 年 11 月于粤北

图书在版编目（CIP）数据

法国文学的里程碑 /（英）里顿·斯特拉奇著；庚如寄译.—杭州：浙江大学出版社，2021.4
书名原文：Landmarks in French Literature
ISBN 978-7-308-21121-5

Ⅰ.①法… Ⅱ.①里…②庚… Ⅲ.①文学史研究—法国 Ⅳ.①I565.09

中国版本图书馆CIP数据核字（2021）第037097号

法国文学的里程碑

[英]里顿·斯特拉奇 著 庚如寄 译

责任编辑	王志毅
文字编辑	孙华硕
责任校对	赵 珏
装帧设计	周伟伟
出版发行	浙江大学出版社
	（杭州天目山路148号 邮政编码310007）
	（网址：http:// www.zjupress.com）
排 版	北京楠竹文化发展有限公司
印 刷	北京中科印刷有限公司
开 本	880mm×1230mm 1/32
印 张	6
字 数	108千
版 印 次	2021年4月第1版 2021年4月第1次印刷
书 号	ISBN 978-7-308-21121-5
定 价	49.00元